BLACKBIRD

PERSEGUIDA

Título original: *Blackbird*
Traducción: Roxanna Erdman
Edición: Cristina Alemany - Colaboración editorial: Leonel Teti
Dirección de arte: Paula Fernández - Diseño: Florencia Santoro
Diseño de cubierta: Natalie C. Sousa
Foto de cubierta: Aleshyn Andrei y Fernando Cortes. Bajo licencia de Shutterstock.com

Argentina: San Martín 969 10º (C1004AAS), Buenos Aires
Tel./Fax: (54-11) 5352-9444 y rotativas. e-mail: editorial@vreditoras.com

México: Av. Tamaulipas 145, Colonia Hipódromo Condesa,
Delegación Cuauhtémoc, México D. F. (C.P. 06170)
Tel./Fax: (5255) 5220-6620/6621 • 01800-543-4995
e-mail: editoras@vergarariba.com.mx

ISBN 978-987-612-909-1

Impreso en Argentina por Triñanes • Printed in Argentina
Marzo 2015

Carey, Anna
    Blackbird : perseguida . - 1a ed. - Ciudad Autónoma de Buenos Aires : V&R, 2015.
    240 p. ; 21x14 cm.

    Traducido por: Roxanna Erdman
    ISBN 978-987-612-909-1

    1. Narrativa Juvenil Esttadounidense. 2. Novela.
    I. Erdman , Roxanna , trad. II. Título
    CDD 813.928 3

Producido por Alloy Entertainment
1700 Broadway, New York, NY 10019
www.alloyentertainment.com

BLACKBIRD

PERSEGUIDA

ANNA CAREY

V&R

EDITORAS

PARA KEV

17 de octubre de 2014

El cuerpo sin vida de una joven fue descubierto por agentes del Departamento de Policía de Nueva York en Conney Island el domingo en la mañana. La mujer había sido asesinada a tiros. Su mano derecha fue cortada a la altura de la muñeca, y aún no ha sido localizada.

La policía intenta identificar a la mujer fallecida, caucásica, de entre 18 y 22 años de edad.

CAPÍTULO UNO

EL TREN RETIENE el calor del sol incluso una hora después de que este se ha hundido al cabo del pavimento, sumiéndose detrás de la línea donde termina la ciudad desparramada. En la estación Vermont/Sunset, una mujer china de pelo negro cortado con severidad se inclina sobre la orilla de la plataforma, tratando de calcular cuán lejos se encuentra el tren. Un grupo de jóvenes de preparatoria se reúne al pie del anuncio de un programa de televisión, compartiendo los audífonos del iPod y hablando de un chico al que llaman Kool-Aid. Este dará una fiesta el fin de semana en Echo Park, mientras sus padres ayudan a su hermana mayor a mudarse a la universidad.

No escuchas las risas de los chicos. Ellos no te ven ahí, tendida al final de las vías, donde el túnel desaparece en la oscuridad. Es la vibración lo que finalmente te despierta; tus ojos se abren, parpadeando, y el techo abovedado aparece ante tu vista, arriba. Las sienes te palpitan con fuerza. Las vías enmarcan tus hombros, tu espalda se comprime en el hueco contra el piso, donde envolturas de golosinas y periódicos gastados se han acumulado durante meses.

La bocina gime. Una franjita de luz aparece en el muro,

fundiéndose sobre las baldosas conforme el tren se acerca. Alzas la cabeza, pegando el mentón al pecho, pero todo tu cuerpo se siente pesado. La sensibilidad no ha regresado a tus piernas aún y es difícil voltear la cadera; es difícil moverse, aunque luchas por hacerlo, tratando de meterte en el estrecho espacio que hay debajo de la plataforma. Cuando te desplomas, exhausta, alcanzas a ver el tren en la boca del túnel. Repentinamente, te baña de luz.

El conductor ya te vio. El sonido que hace el tren cambia; ahora, los frenos hacen un chirrido agudo, más intenso. Es demasiado tarde. Se está aproximando a ti muy rápido. Solo tienes una opción. Te recuestas y cruzas los brazos por encima de tu pecho.

Tres, dos, uno. Al principio todo es sonido, el chirrido de las ruedas en los rieles de hierro, el desplazamiento del aire conforme el tren se aproxima a toda velocidad. Su aliento caliente te revuelve el cabello. Miras fijamente la oscura panza del tren, toda metal, tuberías y cables. Finalmente, reduce la velocidad hasta detenerse en la estación, pero aún te toma unos segundos procesarlo: todavía yaces ahí, solo algunos centímetros por debajo del tren. Aún estás viva.

Arriba, en la plataforma, la mujer de cabello negro no puede creer lo que ha visto. Ahora, mientras el conductor desciende del carro de enfrente, su rostro se ve surcado por las lágrimas. "Hay una chica ahí debajo. ¡¿Que no ve?! ¡Hay una chica!", grita.

El conductor solo está pensando: *Estaba acostada, no podía moverse, ¿por qué estaba acostada?* Esta es la cuarta que ha visto en veintiséis años, pero las tres anteriores fueron diferentes. No eran como ella. Algunas permanecieron de pie, otras se arrojaron. Otras habían caído y tratado de alcanzar de nuevo la plataforma. Pero ella solo había permanecido acostada. Acomodada de manera tan específica, con los brazos cruzados sobre el pecho, los hombros encajados entre los rieles. *Es muy extraño*, piensa; *como si alguien la hubiera dejado ahí.*

Desde abajo del tren puedes oír que la mujer grita. Su voz se quiebra, y un hombre intenta consolarla. Unas sombras se mueven en el espacio que queda entre el vagón del tren y el bordillo de la plataforma. Suena una campana y la gente se aleja; los pasos se entremezclan con preguntas.

—Estoy bien —gritas. Tu voz te sorprende. Es aguda y áspera, como la de un niño.

En la plataforma, un hombre repite tus palabras. "¡Está bien!". Se ha abierto paso al frente de la muchedumbre y se arrodilla apenas unos palmos arriba.

El conductor grita:

—¿Estás herida?

A primera vista, parece aceite por la forma en que escurre por un lado de tu antebrazo y se acumula en tu blusa. La sangre es oscura, casi negra. Pero no sientes dolor alguno, solo una sensación de ardor, como si estuvieras parada demasiado cerca de un radiador.

—Estoy bien —repites. El tajo no debe tener más de diez centímetros de largo. No parece muy profundo.

El conductor debate con un colega si hacer retroceder el tren o no. Se comunican por radio a las oficinas centrales para consultar, mientras la mujer del corte de pelo severo llama al 911, dando una descripción frenética de la situación. Están enviando ayuda.

Se siente como si hubieras estado ahí desde siempre. No puedes mirar la panza del tren sin sentir ganas de gritar. En cambio, cierras los ojos, tratando de recoger los brazos hacia ti, ampliando el espacio para no sentirte tan atrapada. Es automática la manera en que moderas tu respiración, llevando la cuenta, permitiendo que apenas un delgado soplo de aire pase por tus labios entreabiertos.

Al fin se escucha la sirena de una ambulancia, el sonido de los paramédicos ensamblando cosas arriba en la plataforma. Luego gritan en todas direcciones, diciéndote dónde poner tus brazos, tus piernas, como si fueras a atreverte a hacer un movimiento. El tren finalmente retrocede. Miras pasar la parte inferior de los carros del subterráneo, hasta que no queda nada encima de ti sino aire. La sensación ha regresado a tus piernas. Eres capaz de sentarte, pero dos hombres en uniforme saltan del borde de la plataforma con una camilla, y te levantan en ella. Solo entonces notas la mochila negra a tus pies.

–¿Qué sucedió? ¿Cómo llegaste hasta ahí? –pregunta uno de los paramédicos mientras te izan hacia la plataforma.

Echas un vistazo a tu vestimenta; te quedas mirando un cuerpo que te parece completamente desconocido. El frente de tu camiseta está empapado en sangre. Llevas unos jeans y zapatos nuevos. Los cordones están tiesos, de un blanco eléctrico.

–No lo sé –dices, incapaz de situar la hora del día o de describir siquiera un detalle de tu vida. Solo está este momento, nada más.

–¿No te acuerdas? ¿Cómo te llamas? –el otro paramédico es un hombre bajo y robusto, con tatuajes que trepan por su brazo derecho. La visión de dos calaveras con rosas enroscándose a su alrededor desata algo en ti. ¿Tristeza? ¿Aflicción?

Alzan la camilla hasta la plataforma; uno empieza a sacar cosas de su bolso. "Estoy bien; estoy bien", repites mirando la escalera eléctrica a solo unos pasos de distancia. Es la única salida.

Uno de los paramédicos arroja una luz en tus ojos, luego en tu boca. Te impulsas para sentarte, retorciéndote fuera de la camilla hasta quedar en el piso de cemento. Jalas tu mochila para acercarla. "No necesito ayuda", dices. "Estoy bien".

–Tú no estás bien –insiste el paramédico–. ¿Cómo te llamas?

Una multitud se ha concentrado a tu alrededor. Buscas en tu mente, pero esta parece una habitación vacía, sin un sofá con cojines que puedas voltear, sin gabinetes o cajones en los cuales rebuscar. En cambio, alcanzas el cierre de la mochila, fingiendo que sabes lo que hay en su interior.

Bolsitas con agua y comida, una manta, una camiseta extra, una navaja de bolsillo roja y un montón de artículos demasiado enterrados como para alcanzarlos. Tus manos van de la pequeña libretita negra que está hasta arriba, a la pluma que está ensartada en su cubierta. En la primera página hay una moneda de veinticinco centavos pegada con cinta adhesiva. Debajo dice:

"Cuando estés sola, llama al 818-555-1748. No acudas a la policía".

Te levantas, deslizándote junto a los dos asombrados paramédicos, pasas entre la multitud y te diriges hacia la estación asfixiante.

–No puedes simplemente marcharte –dice el paramédico–. Que alguien la detenga; no está pensando con lucidez.

Tú sigues mareada mientras subes la escalera mecánica; la multitud va quedando atrás. Empujas el torniquete. Las escaleras suben y suben, los escalones son interminables. Mientras corres, unas cuantas personas de la multitud te llaman; uno te persigue, exigiéndote que te sientes y descanses.

–No te vayas; espera. No te vayas.

No hay tiempo. Cuando llegas a la parte superior de las escaleras de la estación, una patrulla de la policía ya está dando vuelta en la esquina, acercándose a la acera. Echas un rápido vistazo a la intersección: las calles están marcadas con el nombre de Sunset y Vermont. Hay edificios de oficinas, tiendas del metro y sitios para tomar *smoothies*. ¿Qué dirección deberías tomar?

Giras y ves al paramédico de los tatuajes. Está junto al oficial de la policía, hablando con él en voz baja. El policía da apenas unos pasos hacia ti, ni caminando ni corriendo, cuando tomas la decisión. Sujetas las correas de la mochila y echas a correr.

CAPÍTULO DOS

SOLO SE ESCUCHA el sonido de tu respiración, el golpeteo apagado de tus zapatos deportivos sobre la acera. Cada paso es firme y fácil; tu espalda está derecha, como si te estuvieran jalando desde arriba.

Tomas un atajo a través del jardín frontal de alguien y saltas una cerca de madera de poca altura. Lentamente, manzana tras manzana, el vecindario se va transformando en colinas áridas, una imagen que asoma más allá de los árboles.

Cuesta arriba hay una casa. Techo de tejas, cercas altas. La ventana de media luna en el frente está a oscuras. Pasas por la puerta hacia el patio, y ves un arbusto florido de varios metros de ancho. Te arrastras por debajo de él, dejando que tu vientre presione la tierra fresca, un alivio momentáneo al calor.

Te quedas ahí mientras la policía pasa y se detiene varias veces al regresar por la misma calle.

Cuando te apoyas sobre tu costado, notas la marca en la parte interna de tu muñeca derecha. El tatuaje todavía está sensible, cubierto por una delgada costra. La silueta de un pájaro dentro de una caja. Justo debajo, letras y números: *FNV02198*.

¿Qué significa? ¿Por qué estabas acostada sobre las vías del metro? ¿Por qué no puedes recordar cómo terminaste allí, cómo llegaste a esa estación, a esa ciudad? Miras tu ropa y sientes como si estuvieras disfrazada. Los pantalones no te cierran, la camiseta te queda holgada en los lugares equivocados y los cordones de tus zapatos no están suficientemente apretados. No puedes sacudirte la repugnante sensación de que alguien te vistió.

Un perro ladra. En algún lugar dos niñas ríen. El volumen de sus voces aumenta y disminuye a medida que alcanzan mayor altura al mecerse en unos columpios rechinantes. Los autos pasan calles abajo. Te sientas, escuchando cada sonido como si fuera una pista. *Piensa*, te dices. *Recuerda*. Pero no hay nada ahí. Ni palabras ni pensamientos. Ningún recuerdo de algo que haya ocurrido.

Cuando el cielo cambia de rosado a negro, te arrastras sobre el prado, vacías el contenido de la mochila sobre el pasto quemado y lo organizas rápidamente en una hilera. Hay unos cuantos cinchos de plástico. Hay un mapa con una estrella marcada con bolígrafo negro. Bolsas de papel de estaño, la camiseta, la libreta, la navaja de bolsillo, la manta y la lata roja de gas pimienta.

Hurgas hasta en los últimos compartimentos de la mochila, vuelves a revisarla para asegurarte de que no haya nada escondido dentro. Hay un fajo de billetes en la bolsa frontal.

Con manos temblorosas, pasas el pulgar por el borde de los billetes. Son mil dólares.

Abres la libreta en una página en blanco, alisas la hoja y escribes:

Cosas que sé que son ciertas:

–Estoy en Los Angeles.

–Me desperté sobre las vías del metro en la estación Vermont/Sunset.

–Soy una chica.

–Tengo cabello largo y negro.

–Tengo un pájaro tatuado en la parte interior de mi muñeca derecha (FNVO2198).

–Soy una corredora.

CAPÍTULO TRES

A LA MAÑANA siguiente, saliste por un hueco en la cerca de atrás. Luego de 10 minutos de dar vueltas y más vueltas por los estrechos caminos, el vecindario se convirtió en calles planas, jardines delanteros chamuscados por el sol y la tienda ocasional. Una franja principal revela un supermercado con un teléfono público en el exterior. Sacas la libreta de tu mochila, pasas la primera página y despegas la moneda de veinticinco centavos.

Cae al interior a través de la ranura, pero no hay tono de llamada. Dejas el auricular en su lugar y observas la calle, esperando que haya otro teléfono en un radio de una manzana o dos. Pero todo lo que ves es la patrulla de policía que se aproxima a la entrada más alejada. Sigues cerca de la estación del metro, y te preguntas si te estarán buscando. No quieres arriesgarte. Te diriges al interior, manteniendo tu brazo frente a tu camiseta para ocultar la mancha de sangre.

La puerta eléctrica se abre, dándote la bienvenida. La primera cosa que notas es el aire, frío y húmedo, con aroma a menta. A tu izquierda, más allá de un conjunto de mesas, está la puerta del baño. Mantienes la cabeza baja mientras avanzas hacia allí, intentando no llamar la atención.

La puerta se abre de pronto y el borde te pega en el brazo. Un chico sale, su hombro te golpea fuerte en la nariz. Te tambaleas y te sostiene, agarrando tus codos con sus manos mientras te atrae hacia él, estabilizándote.

Detrás del jóven, otro chico se desliza fuera del baño mientras guarda algo en su bolsillo. En pocos segundos, se ha ido.

Te punza la nariz, ahí donde te golpeó; el dolor es tan intenso que te hace cerrar los ojos. Él no te suelta. Aparta tu mano derecha de tu estómago, con un gesto tan tierno que no lo resistes. Analiza la mancha en tu camiseta y el tajo en tu antebrazo, que se ha secado hasta adoptar un tono cereza oscuro.

–Estás herida –dice.

Su cabello castaño es un desastre; los rizos ocultan la parte superior de sus orejas. El sol ha dejado su piel bronceada y pecosa. Te observa, sus ojos grises estudian tu rostro como si estuvieran leyendo un libro.

–Solo necesito lavarme, eso es todo –jalas tu brazo para liberarlo, y te deslizas en el interior del baño.

No puedes relajarte hasta que escuchas el *clic* de la puerta cerrándose a tus espaldas, con el cerrojo en su lugar. Cuando te miras al espejo, ves lo que él ve. La tierra embarrada en el nacimiento de tu pelo, con pedacitos de hojas secas enredados. La mancha en tu camiseta es de un color café pútrido. Observas tu reflejo por primera vez. Tus grandes ojos hundidos, tan oscuros que son casi negros. Tienes pómulos pronunciados y una boca pequeña en forma de corazón. Tus rasgos te resultan desconocidos, el rostro de una chica que jamás habías visto antes.

Te vuelves a un lado, y es entonces cuando notas la cicatriz que se extiende desde debajo de tu oreja derecha hasta tu nuca; la piel está fruncida y roja. La sigues con tus dedos hasta donde desaparece, detrás del cuello de tu camiseta. Todavía está sensible en algunas partes, y la herida se tuerce en una línea extraña e irregular. Te das vuelta; no quieres pensar cómo o cuándo te la hiciste. No es del tren, eso lo sabes. ¿Cuándo sucedió? ¿Cómo?

Te toma varios minutos eliminar la tierra de debajo de tus uñas, cambiarte la camiseta y ponerte una limpia, y sacar los pedacitos de hojas de entre tu pelo. Cuando terminas, te ves mejor, incluso pasable. Te acomodas el cabello sobre el hombro para que cubra la cicatriz.

Afuera, recorres el supermercado con la mirada en busca del chico. Una parte de ti desea que se haya ido, pero otra parte se alegra cuando lo ves ahí, a solo unos metros, caminando hacia la sección de tarjetas de felicitación. Se vuelve cuando oye que la puerta se cierra, y una pequeña sonrisa se forma en sus labios. Miras a tu alrededor, preguntándote si el policía entró.

Doblas a la izquierda en el primer pasillo. Ahí no hay nadie. Tomas una botella de agua de la estantería y le quitas la tapa. Ya te has bebido la mitad del líquido cuando descubres al chico a tu lado. Sus ojos van de la botella a ti, luego al espacio vacío en la estantería.

—Te ves mucho mejor.

—Como dije, solo necesitaba asearme.

Comienzas a alejarte de él, avanzando por el pasillo, pero te sigue a pocos pasos de distancia. Mira tu brazo, el papel higiénico presionado sobre la herida, ahora manchado de rojo.

—¿Qué sucedió? ¿Te encuentras bien?

—Se ve peor de lo que es. Estoy bien, de veras.

–Se veía bastante mal –dice. No se va.

–Mi brazo es el menor de mis problemas… –echas un vistazo a la entrada de la tienda, buscando de nuevo al policía. Lo has perdido de vista. El otro chico del baño se ha ido–. ¿Qué le vendiste? –preguntas.

–¿A qué te refieres?

–En el baño… Le vendiste algo a ese chico. ¿Hierba? ¿Pastillas? ¿Qué cosa?

El joven pasa la canasta que lleva de una mano a la otra; dentro hay dos manzanas tristes que ruedan alrededor de un *six pack* de *Coca-Cola*.

–Nada de eso...

–Claro que sí –era obvio por la forma en que sostenían lo que fuera que tuviera en el bolsillo, como si hubieras ido a verlo o a quitárselo–. Acabo de ver a un policía allá afuera. Al menos deberías tener cuidado.

–¿Y tú qué sabes? –el chico se te acerca, mirándote con renovado interés. Ahora hay algo amistoso en su actitud, como si te hubiera subestimado.

–¿Te importa si uso tu teléfono un segundo? –señalas con un gesto su bolsillo del frente, donde el rectángulo se marca contra la tela.

–No, supongo –te lo entrega–. ¿Tú no tienes celular?

–Si tuviera uno, ¿crees que te lo pediría?

Te alejas unos cuantos pasos de él antes de sacar la libreta de tu mochila y abrirla en la página que tiene el número. El nerviosismo te asalta mientras esperas, escuchando el silencio antes del primer timbrazo. No puedes evitar odiar a la persona al otro lado de la línea, quienquiera que sea, por saber más acerca de tu vida que tú misma.

Tres timbrazos; luego, la voz de un hombre.

–Me estaba preguntando si llamarías.

El chico se encuentra a menos de tres metros, fingiendo que examina unas cajas de cereal. Tú bajas la voz para hablar.

–¿Quién habla?

–Solo ven a verme a mi oficina. Es el edificio que está señalado en el mapa. Ven sola.

Estás tratando de interpretar sus palabras, de descifrar algún significado más allá de lo que dijo, pero cuando corta la comunicación solo queda el tiempo. Dieciocho segundos y se ha ido.

El chico está escuchando, así que continúas diciendo naderías, ofreciendo despedidas y agradecimientos. Manipulando rápidamente el teléfono, vas a la lista de llamadas para borrar el número. Mamá, Mamá, Mamá, indica la lista de llamadas recientes. Mientras le devuelves el teléfono, el chico entrecierra los ojos.

–¿De qué te ríes?

–De nada –dices, y ya estás dando un paso atrás–. Gracias por prestármelo. Tengo que irme.

Pero cuando das media vuelta, el agente de policía está al final del pasillo. Lo ves de perfil, mientras sus dedos escarban entre las bolsas de papas fritas. Alza la vista, advirtiendo que lo has visto.

Te vuelves nuevamente hacia el chico.

–A menos que… ¿Podrías acercarme a alguna parte?

Él deja la canasta en el piso, las *Coca-Colas* ahora enterradas debajo de dos cajas de *Cap'n Crunch*.

–¿A dónde tienes que ir?

–Al centro.

Señala la salida con la cabeza, instándote a que salgas. Caminas junto a él; sus hombros casi se tocan, y tienes que hacer un gran esfuerzo para no darte vuelta, para no mirar una última vez hacia el policía en el fondo de la tienda. Cuando llegan a la caja registradora, el chico vacía la canasta en la banda sinfín, y las manzanas ruedan en direcciones opuestas.

–Por cierto, soy Ben.

La mención de su nombre te pone nerviosa, y te preguntas por qué no pensaste en eso antes. Las revistas *People* y *US Weekly* atiborran el exhibidor que está frente a ti, y ves una publicación llamada *Sunset* justo junto a ellas.

–Me llamo Sunny –mientes. Es un nombre tan bueno como cualquier otro. Parece real.

Luego echas un vistazo atrás por última vez, solo para asegurarte de que el policía no está.

CAPÍTULO CUATRO

EL JEEP ACELERA entre edificios polvorientos, estacionamientos vacíos y un callejón con cobertizos hechos de lonas rasgadas. Miras pasar el mundo afuera, segura de que has hecho algo malo. ¿Robaste algo? ¿Huiste de algún lugar? ¿De la escuela? ¿De casa? No hay otra razón por la cual te habrían advertido que no llamaras a la policía, por la que tendrías que esperar a un extraño que te diga quién eres. ¿Por qué estabas tan decidida a escapar? ¿Por qué tuviste el impulso de correr? ¿Por qué no puedes recordar nada anterior?

Solo de pensarlo te estremeces. Antes de esto, tú eras alguien. Y si existe una línea que divide el bien del mal, probablemente estabas del lado equivocado. Eras la que estaba escapando, la que estaba corriendo, la que estaba intentando evitar que la atraparan. La cicatriz en tu cuello podría ser algo que te merecías.

—No sé qué te estás imaginando, pero no es tan malo. Solo lo hago para ganar un dinero extra —dice Ben.

—No estaba pensando en eso —respondes.

—Yo ni siquiera la uso —continúa Ben—. La dejé hace tiempo.

—En serio… —dices, mientras por la ventanilla miras pasar una calle tras otra a toda velocidad–, no voy a decirle a nadie. No te preocupes.

Ben da vuelta a la izquierda en Broadway y casi golpea un Fiat estacionado en la esquina.

–Mi maestro de Historia dice que nada nos importa porque es el último año de estudios. Solo estamos esperando a graduarnos, así que hacemos cosas estúpidas. No se refiere solo a las drogas; es más bien... todo. Yo solo estoy en clase el setenta por ciento del tiempo.

–¿Dónde estás el otro treinta por ciento?

–En casa.

–¿A tus padres no les importa?

–Mi mamá casi no está.

–¿Por qué?

–Ha estado enferma –Ben reduce la velocidad. Echa un vistazo a las pocas manzanas que faltan, cerca del lugar al que le dijiste que ibas. Con esa pausa lo dice todo: *Olvídalo, no más preguntas, fue solo algo que dije y espero que lo olvides*–. Vamos, al menos tienes que decirme a dónde te estoy llevando.

–Voy ahí –señalas el borde de la acera, media cuadra adelante. Intentaste mantener una conversación neutral durante el recorrido de veinte minutos, burlándote de las latas de *Red Bull* tiradas en el piso del auto, escuchando a Ben describir la preparatoria Marshall, la escuela pública a la que ha estado asistiendo durante los últimos años, desde que lo expulsaron de una privada. Pero de cuando en cuando Ben preguntó acerca de tu brazo, qué te ocurrió esta mañana, por qué tus pantalones están rotos. Tú solo sacaste el mapa una vez y trataste de evitar que mirara, pero él siguió espiando y entrecerrando los ojos al ver la estrella garabateada con bolígrafo.

Ben se estaciona cerca de una reja de metal. Al otro lado de un lote baldío, dos hombres están sentados bajo un cobertizo, compartiendo un cigarro. La pared de ladrillo está pintada con grafitis de pandillas.

–¿Quieres que te deje aquí?

–Está perfecto.

–*¿Perfecto?* –cuando Ben lo dice, su voz se eleva y la palabra abre paso a la risa. En el mapa el edificio está a cinco cuadras, pero no vas a arriesgarte a que te lleve ahí. Apenas el jeep se detiene, abres la portezuela y bajas. Ben hurga en la guantera, en la consola central y el piso del auto. Cuando encuentra un bolígrafo, escribe algo en la parte posterior de un recibo arrugado y te lo entrega. Es un número telefónico.

–¿En caso de emergencia? –preguntas.

–En caso de que no sea perfecto. O si necesitas algo. Lo que sea.

Doblas el recibo y lo guardas en el bolsillo delantero del pantalón.

–Gracias por traerme.

La portezuela está cerrada. El motor sigue en marcha, sus dos manos permanecen sobre el volante mientras mira la edificación al otro lado de la calle, tratando de adivinar a dónde te diriges. Dos respiraciones. Él te sonríe a medias y finalmente pone el auto en movimiento.

Cuando se ha ido, dejas atrás el lote baldío, pasas un edificio con una marquesina descolorida que dice CLUB STARLING. Las calles están prácticamente desiertas. Pasas el Orpheum Theatre, la cartelera anuncia una banda a la que nunca has oído nombrar.

Luego, unos cuantos pasos adelante, ves la entrada arqueada que sobresale en la acera.

El vestíbulo está vacío. No hay vigilante en la recepción, ni siquiera una libreta de registro o un bolígrafo sobre el mostrador. Miras hacia la esquina del fondo, donde una cámara de seguridad está posada como un pájaro. Vuelves la cara y te llevas la mano a la sien para bloquear tu perfil, con la esperanza de que el ángulo no haya sido el correcto, que no te haya captado de frente.

En la pared, un directorio de plástico muestra una lista de empresas, pero todos los nombres te resultan desconocidos. Optas por revisar mejor los números. Debajo de las compañías financieras y los consultorios de terapeutas encuentras GARNER CONSULTING, OFICINA 909, 818-555-1748. Es el número que está en tu libreta.

Tomas el elevador hasta el noveno piso. Cuando las puertas se abren, el corredor está vacío; la alfombra tiene un extraño bordado de flechas que te conducen hacia adelante. En algún lugar una fotocopiadora ruidosa está escupiendo páginas. Te detienes en la oficina marcada con el 909, percibiendo el silencio al otro lado de la puerta. No hay pasos ni voces, ni se escucha que alguien esté ordenando papeles.

Nadie contesta cuando llamas a la puerta. Tocas de nuevo, esta vez más fuerte, pero nadie viene.

Te sientas con la espalda contra la pared, tu mochila entre las piernas, cuando se te ocurre una idea. Sacas la navaja de tu mochila y la abres; la hoja refleja la luz. La introduces entre la cerradura y el marco, inclinando la punta para presionar el mecanismo. Después de maniobrar unos segundos, el pestillo cede y la puerta se abre de golpe.

Sabes que lo has hecho cientos de veces. Fue muy fácil, muy rápido, tus manos estaban tan firmes y seguras.

Entonces vuelves a los pensamientos que tuviste en el auto: *Hiciste algo malo.*

La puerta se abre, y parte de ti espera ver a alguien allí, sentado detrás del escritorio o en una de las sillas colocadas junto a la pared. La habitación está vacía; la pantalla de la computadora, oscura. Revistas acomodadas sobre una mesa en forma de riñón. *The Economist, National Geographic, Time.*

El escritorio está cubierto de papel secante y hay una taza dorada repleta de bolígrafos. Hay una foto enmarcada de dos niños rubios sentados en un muelle. Sus pies chapotean en el agua.

Cruzas la sala de espera hacia una puerta de vidrio esmerilado que dice GARNER CONSULTING con letras metálicas. Haces girar el picaporte, y una alarma empieza a sonar.

Te cubres las orejas y miras alrededor. Hay dinero esparcido sobre la alfombra. En la esquina, una caja fuerte con la puerta semiabierta, la cerradura mellada y rota. La silla del escritorio ha sido volcada. Los cajones fueron vaciados sobre el piso; hay papeles y carpetas por todos lados.

Te recuerdas a ti misma que no has tomado nada, que ni siquiera has tocado la caja fuerte ni el dinero. Estás aquí porque te dijeron que vinieras. No obstante, piensas en la cámara de seguridad de la planta baja, la navaja en tu bolsillo, la facilidad con que entraste.

Afuera, en el corredor, algunas personas han salido de sus

oficinas. Un hombre con traje de tres piezas te mira fijamente a través de sus anteojos de armazón metálica.

–No sé qué pasó –dices mirando a las dos mujeres vacilantes a su lado. Una está usando su teléfono–. Yo no hice nada.

El hombre mira tu mochila, luego al fondo del corredor, donde se juntan algunos empleados más. Te preguntas cuánto tiempo tienes antes de que ellos se muevan hacia el elevador o las escaleras, y bloqueen las salidas. Solo hay unos segundos para decidir: tratar de explicar… o correr.

Corres.

CAPÍTULO CINCO

LA VENDEDORA ESTÁ mirando dibujos animados cuando tú entras; sus ojos están fijos en la pequeña pantalla de TV en la esquina de la habitación. Tres vestidos cuelgan de su brazo. Mientras los reacomoda se vuelve hacia ti, estudiando tu rostro.

–¿Puedo ayudarte? –dice en voz alta.

–Solo estoy mirando.

Desapareces por un pasillo lateral. Ella da unos cuantos pasos para poder verte. Deben ser tus jeans manchados, la tierra y la camiseta empapada en sudor. Te ves como el tipo de persona que podría entrar a robar, y no puedes evitar sentir que no está tan equivocada. Ya estás calculando qué tan fácil sería dar un tirón a un montón de camisas del estante, deslizar dos o tres en tu mochila mientras ella no está mirando y simplemente salir. Te diriges hacia otro pasillo y la vendedora finalmente se da la vuelta.

Pasaste casi doce horas al otro lado de la calle, frente al edificio de oficinas, agazapada en el fondo del estacionamiento, oculta detrás de una camioneta. Viste a la policía llegar e irse, el edificio se vació conforme el cielo se ponía negro. Eran cerca de las dos de la mañana cuando encontraste un taxi, el conductor fuera de servicio, estacionado y durmiendo a la vuelta de la esquina, y le diste instrucciones para que te llevara de regreso al norte.

Pasaste la noche detrás de un patio de juegos. Todavía tienes arena por todos lados, metida en tus calcetines, acumulada en los bolsillos de tus pantalones, oculta detrás de tus orejas. Te sigues preguntando si deberías llamar a la policía. No puedes explicarles quién eres. Desde que te fuiste has estado pensando en tu mano en el picaporte, la navaja empujando el pestillo para abrir por la fuerza.

Te mueves a lo largo del exhibidor, eligiendo una camiseta negra con un logo un tanto vago en ella. Una serpiente enroscada alrededor de una rosa. Hay un top ajustado, unos shorts de mezclilla, los bolsillos visibles a través del frente rasgado. Es fácil encontrar las cosas que te gustan. Llevas las prendas en los brazos cuando de repente descubres la alternativa: camisetas lisas de algodón, shorts caquis y un cinturón con un girasol de metal en la hebilla. Dejas lo que ya habías elegido y te decides por cosas más básicas, como si estuvieras diseñando un disfraz.

El teléfono que está sobre el mostrador suena. La encargada contesta y saluda a un tipo llamado Cosmo. Le cuenta acerca de una audición y comienza a cobrarte.

–No, es para la parte de la acupunturista –dice la chica, sosteniendo el teléfono con el hombro. Extiende una camiseta sobre el vidrio del mostrador, y su mirada vuelve a posarse en tus pantalones manchados.

En la televisión, detrás de ella, terminan los comerciales y comienza el noticiero de la mañana. El presentador parece de plástico, con una nariz recta y brillante y cejas que parecen cosidas hacia su frente. Hace la introducción de un segmento que trata de un oso que escapó en Agoura Hills. Luego pasa a otra noticia sobre presupuestos escolares. La vendedora titubea con la etiqueta de una de las camisetas. Señala hacia el exhibidor con un gesto, como si dijera: *Tengo que verificar el precio.*

Se muestra inusitadamente lenta, haciendo pausas para hablar por teléfono mientras su mano entra y sale del exhibidor. Apoyas ambos brazos sobre el mostrador, con cuidado de mantener tu antebrazo derecho bajo el izquierdo para ocultar la herida. Puedes sentir la piel en relieve en el interior de tu muñeca, donde se encuentra el tatuaje. Todavía está sensible al tacto. FENV02198. Es probable que sea tu cumpleaños, que febrero uno de 1998 indique que tienes dieciséis años y que en pocos meses cumplirás los diecisiete. Podrían ser tus iniciales. Farrah Natasha Valente, Faith Neely Vargas... Adivinar te reconforta.

Para cuando muestran la imagen, estás medio absorta. Primero reconoces el vestíbulo, la recepción vacía y las ventanas cuadradas sobre la entrada. "La policía reúne información sobre un robo perpetrado en Los Angeles". En una toma estás tú mirando a la cámara de seguridad. En otra, el exterior de la puerta de la oficina. Tienes la navaja metida en la puerta, en el proceso de hacer saltar el pestillo. "La policía dice que el ladrón huyó con más de diez mil dólares. Si usted tiene alguna información referente a este robo, por favor póngase en contacto con el escuadrón Anticrimen".

La chica regresa. Mira de reojo la televisión y luego te mira a ti; sus ojos se detienen por un momento en tu cabello, luego en tu camiseta. Te vuelves hacia la estantería que está detrás de ti, tomas un par de gafas vintage, las cubres con dos blusas que arrebatas de otro exhibidor. Cuando ella aparta la vista, metes las gafas en tu bolsillo trasero y agregas las blusas al montón. La chica vuelve a mirar la televisión, pero el noticiero ha hecho una pausa para transmitir comerciales.

Intentas mantener el pulso firme mientras le entregas un billete de cincuenta a la vendedora. Fue una estupidez de tu parte regresar aquí, a solo unas calles de la estación del metro. Volviste anoche porque es el único lugar que conoces, pero no pasará demasiado tiempo antes de que alguien te reconozca. Por primera vez desde que despertaste, sientes un nudo en la garganta y los ojos tan húmedos que tienes que darte vuelta, temerosa de que la vendedora pueda darse cuenta.

Al entregarte la bolsa, mantienes la mirada en el suelo. Todavía sigue al teléfono cuando te marchas, sumergiéndote de nuevo en el calor sofocante mientras las campanillas tintinean sobre tu cabeza.

———————

La habitación del motel está en silencio. La ventana da a un muro de ladrillo. Permaneces de pie, mirando tu nueva imagen en el espejo detrás de la puerta.

Te duchaste, te cepillaste el pelo, te frotaste la tierra y la mugre. Tus rizos, cortados toscamente, se ubican por encima de tus cejas. Las lentes de tus gafas son delgadas y de plástico; el armazón, de acrílico Lucite claro. La blusa de manga larga que compraste tiene flores moradas en el cuello y en los puños. Es una prenda que quizás usaría una mujer internada en un asilo.

No eres tú, ni por los jeans ligeramente deslavados ni por el cinturón que tomaste del exhibidor. Ni siquiera por el reloj de plástico. Lo sabes, aunque no sepas nada más. Estás interpretando un papel. Chica sin descripción. Un poco sencilla, un poco estirada. Incluso tu reflejo no te resulta familiar.

A lo lejos, alguien se ensaña con la bocina de un coche. Tratas de recostarte en la cama, pero se siente tan suave, tan rara, que acomodas las sábanas y las mantas en la alfombra. Te pones una de las camisetas y te quitas las gafas, estirándote a un lado de la cama. Tu espalda se siente bien en el piso y cierras los ojos, imaginando que podrías quedarte así el tiempo suficiente como para que cuando los abras de nuevo el mundo allá afuera pudiera ser diferente. Podrías despertar sabiendo quién eres, y tu cicatriz podría volver a resultarte familiar en el espejo. Despertarías y sabrías… Podrías despertar y saber…

Permaneces acostada, escuchando los sonidos de afuera. Alzas el brazo hasta tu rostro para taparte los ojos con el ángulo de tu codo y bloquear la luz. Te das vuelta, te haces un ovillo sobre un costado. Ni así llega el sueño.

Repasas la lista de nuevo, revolviendo los hechos, clasificándolos como si fueran pequeñas piedras preciosas. Despiertas en las vías del metro de Los Angeles. Te conducen a una oficina en el centro; era una trampa para que pareciera que la habías asaltado. Sabes cómo abrir una puerta con la hoja de una navaja, y probablemente es algo que ya has hecho muchas veces.

Quienquiera que te haya conducido allá quería nada más que te mantuvieras alejada de la policía; necesitaban estar seguros de que no pudieras acudir a ella, sin importar qué tan desesperada estuvieras. Esperaban que te atraparan, pero ¿por qué?

No quieres encender la televisión porque temes volver a ver la foto. En vez de eso tomas el teléfono del motel y marcas el número de la libreta. El número de Garner Consulting. Llama y llama y llama. Cortas y pruebas de nuevo, pero siguen sin contestar.

Cuando el silencio se torna insoportable, abres los cajones y gavetas del buró y los revisas, buscando algo en qué ocupar tus pensamientos. Todos están vacíos excepto el de arriba, que contiene un libro con tapas de piel negra. Las palabras *Santa Biblia* están impresas con letras doradas. No puedes dejar de mirar el listón rojo que marca la página. Lo levantas, deslizando la delgada cinta de satén entre tus dedos. Pasas las páginas y el recuerdo llega de improviso; el aroma del incienso vuelve.

El sonido te rodea; esa triste y vacía percusión de tus zapatos de vestir contra el piso de mármol.

Todo está tan claro… Conforme te mueves por el pasillo, no te atreves a mirar los bancos a un costado. Tu mirada permanece fija en el ataúd. Este se halla justo frente al altar, en un elevador de fuelle metálico con ruedas en la parte inferior. Está cubierto por un paño de lino blanco. Mientras pasas, colocas tu palma encima, imaginando que tu mano pudiera hundirse a través de él, descendiendo por la madera, el relleno y la tela, hasta quedar sobre las suyas. No era su cuerpo, su rostro, era solo un cascarón vacío, como si la vida se hubiera arrastrado fuera de él. ¿Cuánto tiempo habías permanecido arrodillada junto al féretro? ¿Quién había venido y te había apartado? Y luego vino ese sonido; ese sonido sobrecogedor, horrible, el de la tapa mientras el asistente la cerraba. Una mujer se había inclinado hacia adelante, con la cara entre las manos. No había sido capaz de mirar.

No los mires, *piensas, avanzando hacia el altar. Te sostienes con fuerza de los lados del atril, tratando de equilibrarte. La iglesia está vacía, excepto por las personas apiñadas en la primera fila. Ya puedes sentir cómo te observan, todos sus ojos expectantes. Echas un vistazo a los bancos del fondo, una breve inspección antes de clavar la vista en el libro.*

Jugueteas con la cinta de satén que marca la página. Inspiras larga y superficialmente. Lo último que escuchas es tu voz, en alguna parte fuera de tu cuerpo, las palabras prácticamente susurradas.

"Una lectura del Eclesiastés".

Luego, la habitación del motel surge a tu alrededor. Estás de regreso, sentada en el borde de la cama, y las imágenes y los sonidos del recuerdo se han ido. Dejas caer la Biblia de vuelta en el cajón y lo cierras. Tu rostro se siente extraño y extranjero, y por un breve segundo estás tan aliviada de haber recordado algo, que de hecho sonríes.

Es solo un instante, arrastrado por una corriente repentina. *Alguien ha muerto, alguien ha muerto.* No sabes quién era él o cómo sucedió, pero se siente como si te hubieran quitado un órgano esencial y la vida fuera a ser más difícil ahora, más peligrosa. Te haces un ovillo; sientes las lágrimas calientes en los ojos.

Él está muerto, piensas, sin saber quién, solo que importaba. *Lo amabas y él murió.*

CAPÍTULO SEIS

HACES LA DONA a un lado. La espesa bebida de naranja es demasiado dulce. La voz del locutor en la radio sube y baja con interminable y fastidioso entusiasmo. Mientras tomas asiento en una mesa al fondo del restaurante, solo notas la risa estridente y aguda de la cajera, el incesante zumbido de las luces en el techo. Al otro lado de la ventana de cristal, los autos pasan rápidamente por Vine Street.

El calor es tan intenso que puedes verlo, y el aire adquiere una apariencia ondulante, líquida. Buscas en la mochila y finalmente localizas la libreta. Anotas los eventos de ayer, sintiéndote mejor cuando haces algo, lo que sea. Intentas recordar las palabras exactas que usó el conductor del noticiero para describir el robo. Sacas los recibos de tu bolsillo, anotas los totales de lo gastado en comida y en la tienda de descuento. Después de haber pagado el cuarto del motel, aún te quedan más de ochocientos dólares.

Das vuelta a la página para regresar a la lista anterior. Los recuerdos son poco claros. No puedes acordarte del color del cabello de la mujer. ¿Castaño? ¿Gris? Solo recuerdas sus manos, la piel delgada como el papel, los dedos presionando sus sienes mientras se cubría el rostro.

No puedes decir de qué color era la blusa que vestía, nunca miraste las pinturas en la pared posterior de la iglesia. En cambio, escribes las únicas cosas que eran claras:

-Tuve un recuerdo de una iglesia.
-Alguien cercano a mí murió (¿padre, hermano, tío, abuelo?).
-Yo estaba leyendo en su funeral.
-Una mujer (¿mi madre?) también perdió a esa persona.
-Allí había menos de una docena de personas.

Tu bolígrafo descansa sobre el papel, justo debajo de la última línea, y quieres que haya más. Deseas escribir algo definitivo, pero solo te quedas con esa sensación de pesadumbre, con ese dolor que te cubre como una fina película.

Guardas la libreta. Mientras reordenas la mochila estás inquieta. Algo se siente raro... fuera de lugar. Un hombre de barba gris enmarañada está frente a la caja registradora, cambiando un puñado de monedas por una dona. Una mujer, a la cual le falta un diente, lee una revista. Te das la vuelta, observas las botas amarillas de plástico detrás de ti y entonces reparas en él.

Su cabello es café y escaso, y sus ojos son pequeños, como canicas. Te mira en forma obvia y descarada; ni siquiera intenta fingir que no lo hace. Lleva camisa blanca y corbata, la tela empapada debajo de las axilas. Tú también lo observas fijamente; todo en ti se tensa, pero él no desvía la mirada.

Tu cuerpo se siente ingrávido y frío. Dejas todo donde está, no te preocupas por limpiar la basura regada sobre la mesa. Sujetas tu mochila y te diriges hacia la puerta, pero en los pocos segundos que te toma llegar a ella, él se levanta y echa su cartera y sus llaves en los bolsillos traseros. Bajas las escaleras y sales a la calle, confiando en que los autos se detendrán cuando cruces. A media cuadra, un camión reduce la velocidad. Los automovilistas hacen sonar sus bocinas. Todos los semáforos están en verde, y más autos se dirigen hacia ti mientras corres, la piel cubierta de abundante sudor.

Cuando por fin estás del otro lado, te preguntas si lo imaginaste, si el peligro fue tan real como se sintió. Te das la vuelta justo a tiempo para ver al hombre en el estacionamiento. Sube a un auto plateado. Tiene una abolladura en un costado, un corte profundo que se extiende desde la defensa trasera hasta la puerta delantera. Sus dedos descansan sobre el borde de la ventanilla abierta. No sabes si te ha identificado por las fotos de las noticias o si te conoce de antes. No hay nada en él que te resulte familiar. Sigue mirándote, sus ojos en el retrovisor mientras arranca el auto.

Cortas por una calle lateral y desapareces en un estacionamiento. El letrero dice ARCLIGHT CINEMAS. Una flecha te dirige a una rampa de acceso y zigzagueas entre los autos estacionados hasta que finalmente sales a un patio interior. En el vestíbulo, las filas serpentean desde la caja por el restaurante. Sorteas la multitud, pasas junto a un hombre mayor con una gorra de los Atléticos de Oakland y un grupo de mujeres excesivamente maquilladas. Te diriges a la parte frontal del edificio. Un grupo de adolescentes acaba de salir del cine. Son diez, tal vez más, y tú te mantienes cerca, siguiéndolos a solo unos pasos de distancia.

Mientras bajan por las escaleras, tú caminas junto al grupo como si hubieras estado allí todo el tiempo. Un chico tiene una patineta bajo el brazo. Le muestra una identificación a su amiga. "Maryland", dice. "Funciona siempre y cuando no la escaneen".

La chica tiene un mechón morado brillante. Voltea la identificación, la inclina de un lado a otro bajo la luz. "¿La conseguiste en la tienda para fumadores en Hollywood y Western?"

Avanzas hombro con hombro junto a ellos, caminando por Sunset Boulevard, cuando miras detrás de ti. El hombre ha dado la vuelta. Se detiene en la intersección, su luz direccional izquierda parpadeando, listo para dar la vuelta a la manzana. Te está siguiendo. Estás segura.

Te acercas más al grupo, colocándote en medio para no quedar tan visible. A tu lado, las chicas están hablando del concierto al que fueron y del lápiz labial negro que consiguieron en una farmacia CVS. Es extraño escucharlas recordar los pequeños detalles ordinarios de sus vidas.

–Oigan, ¿ustedes saben dónde puedo conseguir un poco de *Molly*[1]? –dices, y esperas la reacción unos segundos. Un chico que está al frente suelta una carcajada. Entre el grupo se escuchan algunos "oh, mierda".

–¿Estás loca? –el muchacho de la patineta mira tus pantalones y tu camiseta mal ajustados, presta atención a las delicadas flores púrpuras alrededor de tu cuello–. No puedes acercarte así nada más a la gente y pedirle drogas. ¿Qué te pasa?

–Me pasa que quiero algo de *Molly*.

Es provocador, pero funciona: se acercan. Tienes su atención.

–Podrías ser una policía –dice un chico con braquets.

–No sabía que hubiera policías de dieciséis años.

---

1 N. del E.: eufemismo al igual que María y mota. Marihuana.

—Supongo que no hay, ¿verdad?

La chica del mechón morado ríe.

Te detienes en la bocacalle, mirando el semáforo peatonal al otro lado de la acera, la parpadeante luz roja que te dice *no pases, no pases*. Mantienes la cabeza baja, pero con el rabillo del ojo puedes ver que su auto se acerca. El hombre sigue de largo, avanzando por Sunset. Hay una calcomanía en la cajuela. PREGÚNTEME SOBRE BIENES RAÍCES. Miras abajo, donde debería estar la placa de circulación, pero no hay nada.

Se detiene en la siguiente esquina y enciende la luz direccional, preparándose para dar vuelta a la izquierda por una calle transversal. Tú estás al frente del grupo, viendo cómo se aleja, y en ese momento tu mirada se encuentra con la suya en el espejo retrovisor. Cuando da la vuelta a la esquina, tus piernas son peso muerto.

—Holaaaa. ¿Me oíste? —pregunta el chico de la patineta y te da un leve codazo para cruzar la calle.

—Sí, estoy escuchando —mientras cruzas te mueves hacia el centro del grupo, pero es difícil fingir que estabas prestando atención. Miras sobre tu hombro, esperando que reaparezca el auto.

El chico suelta su patineta y te aparta. Se detiene en la acera, justo delante de ti. Levanta una mano para pedir a los otros que guarden silencio.

—¿No estás con la policía?

—No. Ya te lo dije.

Él señala por encima de tu hombro. Te vuelves y miras en la misma dirección. El hombre está allí. Ha estacionado el auto fuera de la vista. Da vuelta en la esquina, acelera el paso conforme se acerca a donde te encuentras.

–¿Entonces, ese tipo no está contigo?

Lo empujas para avanzar, tratando de mantener firme la voz.

–No, no está conmigo.

–¿Cuánto tiempo ha estado ahí? –pregunta el muchacho.

–Me siguió al salir de *Winchell's* –te abres paso, golpeando la patineta que él sostiene bajo el brazo–. Tengo que irme. Por favor, no dejen que me vea.

El chico se para entre el hombre y tú, obstruyéndole la vista. No corres, pero aprietas el paso, intentando no atraer mucho la atención mientras avanzas. Estás en la esquina opuesta cuando escuchas que el muchacho grita:

–¿Qué haces, asqueroso? Deja de seguirla.

Te vuelves y miras que la chica del mechón morado lo sujeta del brazo. El muchacho le da un empujón. El hombre se los quita de encima y alza el puño como si fuera a golpearlos. Se hace a un lado y luego se escabulle. Murmura algo, pero no puedes oírlo.

Estás agradecida por ese breve momento. Sus voces se mezclan con los sonidos del tránsito, de autos que aceleran cuando las luces cambian a verde. Hay una tienda enorme solo media cuadra adelante. Miras atrás. Un muchacho con un piercing en la nariz le grita al tipo. Te escabulles al interior de la tienda.

El lugar es cavernoso. Hay cajas repletas de discos de vinilo y compactos, portadas de álbumes pegadas en cada pared. Un hombre con una camiseta de Amoeba Music apila cajas sobre un carro metálico. Reduces el paso y finges ser una clienta cualquiera, pero tu pulso está tan acelerado que puedes sentirlo en los dedos.

Una vez adentro solo hay dos alternativas: ir a una habitación estrecha al fondo o subir las escaleras metálicas que están a la derecha. El resto de la tienda es espacio abierto, hileras e hileras de estantes de plástico.

Vas directo al fondo. Dos empleados de la tienda están tan ocupados reponiendo DVDs que no te ven pasar.

A lo largo de la pared hay un perchero con camisetas. Cientos de ellas. Al llegar a la esquina, fuera de la vista de la mayoría de los clientes, te agachas. Apartas los ganchos de alambre, te sientas con la espalda pegada a la pared y jalas algunas camisetas para cubrirte. Una sudadera de Nirvana ha caído a tus pies y la usas para ocultarlos.

Apartas las camisetas apenas lo suficiente para mirar afuera. Desde donde te encuentras dominas el primer pasillo y el espacio que queda junto a la puerta. Dos chicas pasan rápidamente. Una toma bruscamente un DVD del anaquel, lo observa y lo devuelve.

En la radio suena una canción conocida. No sabes la letra, pero reconoces la melodía, y eso por sí solo es reconfortante.

Estás encorvada, el mentón descansando sobre las rodillas, los brazos abrazando tus piernas, cuando él entra al cuarto del fondo.

Da vueltas por el segundo pasillo. Alcanzas a entrever parte de su camisa, su hombro, un lado de su cara. Silencias tu respiración mientras da la vuelta por el pasillo.

Por un momento se encuentra solo a unos pasos. Puedes verlo del pecho para abajo. Mete la mano en el fondo de su bolsillo. Se detiene allí, tan cerca, que su respiración es audible. Tú te quedas tan quieta como puedes mientras saca un teléfono y empieza a marcar. Luego se da la vuelta y recorre el cuarto con la mirada una vez más antes de marcharse.

Apoyas la cabeza sobre las rodillas y finalmente exhalas. Te clavas las uñas en la palma de la mano hasta que duele, furiosa por haber ido a ese restaurante justo en ese momento. Furiosa por seguir aquí, en Los Angeles. Solo era cuestión de tiempo para que alguien te encontrara. Lo verdaderamente importante es saber quién es él y por qué está tan empeñado en seguirte.

Los turistas abarrotan el cuarto del fondo. Cinco de ellos están frente a ti, con sus zapatos ortopédicos a solo unos cuantos centímetros de tus pies.

Jalan camisetas del exhibidor mientras hablan de ir de excursión al letrero de Hollywood. Un empleado ayuda a un cliente a encontrar *Breathless*. La canción cambia una y otra vez.

Cuando estás segura de que se ha ido, te mueves, tomas algunas camisetas para ti y las metes en el fondo de tu mochila. Te pones una, cerciorándote de que no tiene dentro etiquetas de plástico o de metal. Sales tan rápido como entraste, escabulléndote por debajo del exhibidor. Cuando pasas por la puerta, tienes el cuidado de mantener la cabeza baja, intentando evitar las cámaras de seguridad de la tienda.

Afuera, Sunset Boulevard está concurrido. Restaurantes y bares se vacían en las calles. Aún cuando estás a varias manzanas y te has adentrado en el vecindario, lo estás buscando. Él es cada auto plateado, cada figura que se aproxima por la acera. Tomas un atajo por un patio trasero y avanzas entre los árboles.

CAPÍTULO SIETE

LA MUJER ESTÁ esperando a que digan su nombre. Solo está esperando a que digan su nombre. Está tan cansada de estas cenas, de estas recepciones, de esta gente; lo único que quiere es recibir su premio. Así que cuando Silvia O'Connor, la esposa de Bill, se inclina hacia ella comentando algo acerca de la ensalada, se siente francamente irritada. Silvia susurra "¡Oh, el aliño! ¡Las nueces acarameladas!". La mujer trata de sonreír con educación, pero sencillamente no puede.

En el escenario, Reagan Arthur está dando un discurso acerca del progreso de la compañía. El año que concluye, los hechos destacados, este trimestre y aquel trimestre. Ya se lo sabe todo. El programa indicaba que el discurso sería justo antes de la entrega de su premio, y de tanto en tanto mira hacia abajo, preguntándose si el orden ha cambiado. El orden no ha cambiado.

Dos asientos más allá, Bill apoya el mentón en sus manos, observando a Reagan como si estuviera enamorado. Casi siente lástima por él. Casi. Bill era la persona que se rumoreaba iba a ganar. Se había portado vagamente petulante en las semanas previas a que se hiciera el anuncio. Flotaba a su alrededor como una colonia barata.

Ahora ella espera a que la llamen, a que Reagan termine por fin su discurso, a que lo diga de una vez... *Dilo*. Silvia sigue hablando. A Silvia le gusta el vino.

Mira a su alrededor buscando a la mesera de los cócteles, pero es difícil distinguirlos. Todos visten el mismo esmoquin y usan guantes blancos. Las mujeres llevan el cabello peinado hacia atrás. Los hombres lo llevan todo engominado hacia abajo. Está a punto de alzar la mano, cuando uno de los meseros se aproxima y llena su copa de vino.

Sucede tan deprisa que se siente confundida. Siente que algo roza su rodilla y por un segundo cree que ha dejado caer su servilleta. Es entonces cuando lo descubre en el piso. Junto a su tacón derecho hay un pequeño sobre blanco. Se vuelve hacia el mesero, pero este ya se ha ido.

Se arrodilla, lo abre. Son dos líneas escritas a mano en mayúsculas.

ESTACIÓN DE GREYHOUND
BOULEVARD HOLLYWOOD

Inmediatamente sabe de qué se trata. Siente un nerviosismo repentino, la garganta seca. Cierra los ojos para que se le pase mientras sus dedos tocan el pendiente de su collar, el pequeño medallón que lleva. Aún está debajo de la mesa, aún sostiene el sobre, cuando Reagan dice su nombre.

CAPÍTULO OCHO

SON CASI LAS seis y media cuando llegas a la estación. Tus manos tiemblan. La temperatura es de veintiún grados y sientes escalofríos. Pasaste la noche en el cobertizo de alguien, pero no pudiste dormir.

Mientras caminas por la terminal de Greyhound estudias las caras de todos. Miras a la mujer que está sentada en la esquina con una bolsa para dormir enrollada junto a ella. Echas un vistazo al hombre de mediana edad que está fuera, con dos bolsas apiladas sobre su maleta, asegurándote de que no hay nada familiar en sus rasgos.

No pasa mucho tiempo antes de que el empleado del mostrador repare en ti, en tu deambular de un lado a otro, dando vueltas a los asientos del corredor. Habla del otro lado de un muro transparente a prueba de balas. "Llegará en diez minutos. Estacionamiento tres". Señala hacia la puerta.

Cree que estás ansiosa por tomar el autobús. Tú no sabes por qué estás ansiosa. Por todo. Las corridas de la noche anterior estaban totalmente vendidas, pero pudiste conseguir un boleto para esta salida. Siete de la mañana. San Francisco. Parece suficientemente lejos como para empezar de nuevo, suficientemente grande como para perderte. Parece una oportunidad. ¿De qué? No estás segura.

Cuando sales al aire matinal, la terminal está vacía, excepto por unos cuantos vehículos. Dos autobuses esperan en los estacionamientos cinco y doce. Sus ventanillas son oscuras. Al otro lado de la calle, un centro nocturno recién está cerrando. Un hombre desliza una cortina metálica sobre la entrada del frente, coloca el candado y lo cierra.

Intentas concentrarte en la máquina expendedora, en las veinte opciones de desayuno que tienes frente a ti. *Cheetos, Cheetos Flamin'Hot*, pretzels, cacahuates y chocolates *Snickers*… Seleccionas el código de los *Cheetos*. La espiral gira, los empuja hacia afuera y caen para encontrarse contigo.

Te sientas con la espalda apoyada contra el muro de la terminal, abres la bolsa y comes, uno por uno. Cierras los ojos y nuevamente tratas de retener el recuerdo: los pequeños retazos del ataúd, tus manos, la iglesia. Mientras avanzas ves el estrado. Un ángel en el altar sostiene una trompeta. Recuerdas el incienso y el intenso aroma a flores, la forma en que ese ramo colocado junto al estrado modificaba el aire.

Recuerdas, recuerdas.

Todo lo demás existe en un lugar nebuloso, como si miraras a través de una cámara que está fuera de foco. No puedes distinguir claramente el reloj en la pared al fondo de la iglesia. No sabes qué llevabas puesto, qué año era ni dónde ocurrió. Te concentras en el libro que estaba frente a ti, intentando recordar el número de la página. No puedes recordar el pasaje. Ni siquiera puedes ver las palabras en la página; en lugar de ello, el recuerdo se corta, tu mano sigue en ese listón que marca tu lugar. A pesar de ello, mantienes los ojos cerrados.

Esperas a que regrese. Con la cabeza baja, los hombros contra el muro de la terminal, al principio el sonido se escucha al fondo.

Es un lugar más allá de ti.

Abres los ojos.

Recorres con la vista el terreno baldío. Una parte está llena de hierba, que en algunos lugares alcanza un metro de altura. Algunos árboles retorcidos han crecido en el terreno adyacente. Miras la sombra detrás de ellos.

Entonces escuchas el sonido de nuevo: el suave crujido de una persona que avanza a través de la maleza seca. Te toma unos momentos procesar lo que estás viendo. La figura se abre paso y surge del terreno. La mujer viste una blusa de mangas largas y pantalones deportivos negros, el cabello castaño recogido en una cola de caballo. Se ve suficientemente mayor para ser la madre de alguien, el tipo de mujer que uno puede ver en un juego de ligas infantiles o en la fila del supermercado. Cuando avanza hacia la entrada del edificio, descubres la pistola en su cadera.

Te pones de pie. Te observa rápidamente mientras redobla el paso. Das media vuelta y empiezas a correr. Cruzas la calle y entras en un callejón desierto. Está justo detrás de ti.

Recorres con la mirada la parte trasera de los edificios buscando la entrada a algún estacionamiento. Todos están cerrados.

Avanzas otra cuadra, pero la mujer mantiene el paso. Cuando miras atrás, notas que corre sin esfuerzo, balanceando los brazos. Es muy rápida. Tratas de calcular su estatura, su complexión, y te preguntas si tienes alguna oportunidad contra ella. Tu mides apenas 1.60 metros.

La mujer es más alta, pero delgada; sus extremidades son largas y huesudas.

Por instinto, corres en trayectoria oblicua, cortas por otro callejón y sobre Hollywood Boulevard. Hay poco tránsito y te sientes sola, expuesta; las calles están demasiado desiertas como para esconderte. El conductor de un convertible te ve cruzar y reduce la velocidad. Solo un instante después acelera de nuevo y pasa rápidamente sin poner atención.

Sigues avanzando, te diriges hacia la autopista. Puedes escuchar los sonidos de los automóviles arriba, en alguna parte. Por un momento no hay nada, excepto ese murmullo constante, y es fácil creer que la has dejado atrás. Pero cuando miras sobre tu hombro la mujer está ahí, justo en la esquina anterior. No ha reducido el paso en absoluto. Tratas de mantener estable la respiración con inhalaciones largas, pero su presencia te desquicia. Solo pasarán unos cuantos minutos antes de que esté cerca.

Tú eres toda agallas e instinto, músculos, sangre y huesos.

Pones la mochila frente a ti y la abres lo mejor que puedes. La navaja está justo arriba. Tan pronto la tomas, arrojas la mochila y sientes cómo se va su peso. Todo lo que posees. El dinero. Las provisiones. La libreta. Tratas de no pensar en ello, de sentir solamente que estás mucho más ligera sin ella.

Ganas velocidad. Al llegar a un paso subterráneo, bajas por una calle abandonada que corre en línea paralela a la autopista. La has perdido de vista. Hay arbustos a tu izquierda y edificios a tu derecha: otro estacionamiento, de tres niveles. Corres a toda velocidad a lo largo de la parte posterior de los edificios y te escondes detrás de un contenedor de basura.

Ahí viene ella. Escuchas los golpes de sus zapatos sobre el pavimento, el sonido acercándose. Abres la navaja y agarras la empuñadura. *Tres,* cuentas mentalmente, intentando parar el temblor de tus manos. *Dos...* Sus pasos se vuelven irregulares al dar vuelta en la esquina, y tú escuchas su indecisión. Se dio cuenta de que estás escondida. Ha descubierto que algo está mal.

Uno.

Das un paso. Mantienes la navaja abajo. Clavas tu hombro derecho en su estómago, manteniendo los pies separados para absorber el impacto. Cuando chocan, todo el cuerpo te duele. Sus piernas ceden. Se tambalea, cae y se lleva una mano al vientre. Todo el aliento ha salido de su cuerpo y jadea con la boca abierta, tratando de tomar aire.

Tu primer impulso es ir hacia la mujer, pero alcanza la pistola y te apunta al corazón. Antes de que pueda disparar ya estás sobre ella y con ambas manos haces un movimiento cruzado sobre su brazo tenso, con tal fuerza que pierde el agarre. Tu mano derecha sujeta el cañón, lo hace girar y ella suelta el arma.

Arrojas la pistola tan lejos como puedes, deslizándola sobre el pavimento.

La facilidad con que la desarmaste te quita el aliento. Intentas ignorar las pulsaciones en tu cabeza, tu hombro y en tu costado. Al arrodillarte a su lado, estás tan cerca que puedes ver el rímel en sus pestañas. Tiene cuarenta y tantos, pero su piel está estirada y sus labios demasiado hinchados.

Una mano va de inmediato a su cuello. Ella sujeta un medallón entre sus dedos, el metal destella en la brillante luz matutina. De un lado se ve la silueta de un hombre; del otro, un ciervo astado. Lo mueve de un lado a otro. Tú levantas la navaja y colocas la hoja cerca de su garganta. No vas a matarla, no puedes.

Ella te devuelve la mirada, su pecho sube y baja mientras lucha por respirar, y tú haces tu mejor intento para amagarla.

—¿Quién eres? —preguntas—. ¿Por qué me persigues?

La mujer tose. Sigue sosteniendo el medallón, dándole vuelta entre los dedos. Cuando entreabre los labios, su voz es un susurro triste y lento.

—Lo siento —murmura.

—¿Lo sientes? —repites.

Ella cierra los ojos, toma aire y antes de que puedas procesarlo, sonríe. Su palma se alza de pronto, golpeándote la base de la nariz. El dolor es tan intenso que cierras los ojos con fuerza. En tu cabeza solo está el dolor pulsante. La mujer toma la navaja de tu mano, pierdes el agarre, todo tu cuerpo se debilita. A duras penas peleas mientras se da vuelta. Ella se sienta y se acomoda para tener una mejor vista de tu garganta.

Sujeta tu cabeza con una mano, te mira mientras te tiene sometida, con la sonrisa aún en sus labios. Luego levanta la navaja. El dolor en tu cabeza está al rojo vivo, tu espalda raspada sangra sobre el pavimento, y sabes que aquí se acaba todo.

Cierras los ojos, esperando el golpe. Escuchas un zumbido, y luego una rápida inhalación. Algo la golpea en el costado. Se abre una herida, no más grande que una moneda. La bala se ha clavado justo debajo de su seno izquierdo.

La mujer se encoge. Su cuerpo se retuerce, tenso, la mano presionada contra las costillas.

Te levantas y volteas, buscando a la persona que le disparó.

Estás sola en el callejón. Los edificios no revelan nada, las ventanas cerradas y oscuras, las azoteas vacías. Te toma un momento notar el estacionamiento que está dos lotes más adelante. Hay una figura en el segundo nivel, al lado de uno de los pilares de concreto. Es el hombre del día anterior, lleva una camisa blanca similar y pantalones negros. Parpadeas, conmocionada, mientras él te mira desde arriba.

Luego baja su pistola. Te observa por un momento. Si es un reconocimiento, no sabes a qué se debe. Su rostro es inexpresivo. Guarda el arma entre la espalda y el cinturón.

Sube al auto plateado que está detrás de él, cierra la puerta con fuerza. Puedes escuchar los chillidos de los neumáticos cada vez que da una vuelta, serpenteando por la estructura del estacionamiento, hasta que desaparece por una salida que no está a la vista.

CAPÍTULO NUEVE

EL PRIMER GOLPE en la puerta llena el pequeño baño de la gasolinera. Hay una pausa y luego más golpes, esta vez más fuertes. Estás encogida en el rincón junto al lavabo, con una salpicadura de sangre seca en la camiseta. Tienes que levantarte, sabes que tienes que hacerlo, pero la persona que está al otro lado de la puerta podría ser cualquiera, el hombre que te preseguía, la policía. Solo recorriste cinco manzanas antes de ocultarte aquí.

Finalmente, escuchas la voz de una niña, pequeña, llana. *¿Hay alguien ahí?* Te pones de pie, te enjuagas las manos bajo el chorro de agua fría y te frotas la cara con toallas de papel. Cuando te topas con tus ojos en el espejo, te ves medio muerta; la lámpara sobre tu cabeza arroja sombras extrañas sobre tu rostro.

Te sacudes las manos para secarlas. Mantienes la cabeza baja mientras empujas la puerta y pasas junto a la niña, que no tiene más de trece años. Han pasado dos horas desde el tiroteo, quizá más. En el calor de la mañana no puedes dejar de pensar, de preguntarte cuánto tiempo llevaba el hombre parado ahí antes de disparar ese tiro. ¿Qué tienes que ver con él? ¿Por qué te protegió? ¿Por qué te siguió, observándote desde arriba?

A tu alrededor, el mundo sigue su curso: el despachador de la gasolinera ayuda a un cliente con su tarjeta de crédito, hay un tipo de treinta y tantos años en un coche, el letrero de una tienda se voltea para indicar ABIERTO. Miras por encima de tu hombro; la fila de autos es interminable, pero no hay taxis, no hay autobuses, no hay una manera sencilla de salir de ahí. Observas las fachadas de las tiendas y las entradas de las oficinas, las mesas del café al aire libre y las ventanas encima de él. Han transcurrido horas, pero sigues creyendo ver al hombre en todas partes, en el rostro de los extraños que pasan, en el auto estacionado al otro lado de la calle.

Estás apretando el paso, con la cabeza baja, cuando reconoces la intersección. Es difícil resistirse. La mochila no puede estar a más de tres manzanas de distancia. Sin ella no tienes nada: no tienes ropa, no tienes agua, no tienes comida. Cientos de dólares te esperan allá; la mochila es casi visible desde donde estás, las ramas de un arbusto rotas bajo su peso.

Los autos pasan. Echas un vistazo a tus espaldas, frente a ti, a los lados, asegurándote de que no hay nada que hayas pasado por alto. Luego empiezas a avanzar hacia ella, sin detenerte hasta que cuelga de tu hombro.

Recorriste una manzana, luego otra. Nadie te está siguiendo. Solo pasan autobuses con turistas que te miran desde la plataforma superior. Aún así, algo no está bien. Puedes sentirlo. Nada de policías, nada de sirenas; no hay señales del hombre. Das vuelta a la izquierda en la esquina y comienzas a correr, vigilando los techos de los edificios, la estructura del estacionamiento donde él estaba parado.

Cuando aparece ante tus ojos, no hay ambulancias. El callejón no está bloqueado con la cinta de la policía. Han pasado casi dos horas y su cuerpo ha desaparecido. Un camión toma la rampa hacia la vía rápida, acelera y se incorpora al tráfico que fluye más arriba.

Conforme te aproximas a la larga franja del callejón, sigues mirando hacia atrás, pero no hay nadie. Cuando llegas al lugar, no hay sangre. Recorres el pavimento, vas al sitio donde arrojaste el arma, pero ha desaparecido. La franja de tierra debajo de la vía rápida está sembrada de botellas rotas. Buscas una huella, alguna marca o depresión ahí donde el arma podría haber derrapado, pero no hay nada. Al acercarte más, ves unas líneas borrosas en la tierra, como si la hubieran rastrillado para emparejarla.

A un lado del Tiradero, justo donde le dispararon a la mujer, el pavimento está casi seco. Cerca del borde hay un ligero charco rosado; la mancha es tan tenue que al principio apenas si puedes verla. En esas dos horas en que no estuviste, alguien recogió el cuerpo, limpió el lugar y se fue. Incluso lavaron la sangre.

Al clavar la mirada en el estacionamiento, arriba, casi puedes ver el auto plateado ahí. Vuelves a recordar la manera en que el hombre se paró justo detrás de las sombras, debajo del toldo, donde no era tan fácil que lo vieran. El disparo fue silencioso. Si tú hubieras estado en un auto que pasaba, podrías no haberte dado cuenta de nada.

Te vuelves de nuevo hacia el pavimento, queriendo hallar alguna confirmación de que fue real. Todavía te late la nariz. Tu cuerpo está dolorido ahí donde chocaste con ella. Estiras tu camisa entre tus dedos, estudiando las salpicaduras sobre la tela blanca, el rocío en tu costado derecho, exactamente por debajo de donde le dispararon.

Fue real, piensas. *Sucedió.*

Pero cuando te vuelves, el callejón está tranquilo. No hay un solo auto en el estacionamiento. Solo se ve un tenue rastro de sangre deslavada en un charco poco profundo y, por encima, el tráfico de la vía rápida.

CAPÍTULO DIEZ

EL BOSQUE ESTÁ *en silencio. El chico camina frente a ti, su machete curvo corta las enredaderas. Miras fijamente el tatuaje que cubre sus omóplatos, la calavera que devuelve la mirada con sus ojos huecos, cavernosos. Tiene alas a los lados. Las plumas están dibujadas con tal perfección que parecen reales. Te mantienes concentrada en eso, observando los músculos moverse bajo su piel, mientras tratas de silenciar tu respiración.*

El sudor se prende de tu cabello. Escurre en delgadas líneas por los lados de tu cara. Agarras enredaderas mientras avanzas, pisando sobre rocas y ramas caídas. La vara en tu mano es pesada, de doce centímetros de espesor, la punta afilada.

Algo a tu derecha, una pequeña rama, se rompe. El muchacho se vuelve y tú miras su perfil: el pliegue de su nariz, sus pobladas cejas oscuras y el cabello negro que cae sobre sus ojos. Él ha visto algo, pero antes de que puedas dar la vuelta, está gritando:

–¡Muévete! ¡Rápido!

Tú no ves qué se acerca, pero escuchas hojas crepitar deprisa, tres ramas que se rompen y el aliento de algo viviente que se mueve en medio del bosque. El chico se aleja repentinamente ante tus ojos, pero el espeso lodo succiona tus botas rotas y te hunde. La bestia se aproxima a ti, cada vez más veloz entre los árboles, y tú estás atrapada allí, incapaz de moverte. A medida que se acerca, tratas de liberar tus piernas por última vez. Las enredaderas serpentean en torno a ellas, retorciéndose, apretándose alrededor de tus tobillos. Volteas y atisbas un animal enorme, su pelaje oscuro y enmarañado, una herida sangrante en su cuello. El muchacho desaparece más allá de los árboles. Estás corriendo, tratando de moverte más rápido, cuando esa cosa te alcanza. Sus fauces atrapan tu cuello por detrás.

12:22 A.M. No has dormido más que una hora y tu corazón sigue retumbando por ese sueño. Revisas las cerraduras de la habitación del motel. Revisas las ventanas, asegurándote de que siguen cerradas, los pestillos firmes. Estás en el quinto piso, pero eso no te da ninguna tranquilidad. Solo notas la escalera de incendios, el rellano que está tres metros debajo de ti, el techo al cual se puede llegar con una escalera.

El sueño se sintió muy real. Todavía puedes escuchar el crujir de las ramas conforme el animal llegaba hasta ti. Era inmenso, su cuerpo ágil se movía rápidamente en medio del bosque. ¿Qué era? ¿Dónde estabas? ¿Y quién era el muchacho del tatuaje? Cuando intentas traerlo a tu mente, su imagen ya se está desvaneciendo, deslizándose de vuelta a lo desconocido, junto con todo lo demás.

Sacas la libreta de tu mochila y anotas: el tatuaje de calavera, una cicatriz que corre a lo largo de su espalda baja, justo arriba de su cinturón. La hoja de su machete era curva. Escribes todo lo que puedes recordar del bosque. El aire era denso, los árboles exuberantes y tropicales, como si fueran de otro mundo. Parece imposible; sin embargo, mientras escribes el detalle final –un animal me atacó–, tu mano encuentra tu cicatriz y la recorre.

Cuando terminas, dejas la libreta junto al resto de tus cosas. Te trepas en la cama, pero tienes el cuerpo dolorido. Tu brazo sangra, la costra te estira la piel al atorarse con la áspera cobija hecha un lío. Los músculos del hombro y el costado te duelen con solo tocarlos. En algún momento te raspaste los nudillos de la mano izquierda. Arden cuando cierras el puño.

Encuentras el recibo con el número de Ben metido en la cubierta de la libreta. Piensas en su mano en tu muñeca, cómo cambió su rostro cuando vio el tajo, haciendo una mueca de dolor como si su brazo hubiera sido cortado. Lo entusiasmado que se veía al escribir ese número en el recibo, presionarlo contra tu palma y decirte que lo llamaras si necesitabas cualquier cosa. No estás segura de querer verlo, o si solo quieres a alguien aquí, si la soledad te está pesando. Levantas el teléfono y marcas antes de que haya tiempo para más preguntas.

Cuando Ben entra en el restaurante y sonríe –con esa sonrisa fácil, sencilla– te hace pensar en esa palabra, *despreocupado,* y en lo que realmente significa. Te estás esforzando mucho en ser normal. Has ordenado una malteada. Cuando le devuelves la sonrisa, sentada en el gabinete, puedes sentir los músculos de tu cara, lo extraña y rígida que se siente tu piel.

Él escogió el lugar –La Casa de los Pasteles– a unas cuantas cuadras del motel. Está casi vacío, pero a unos gabinetes está un tipo con saco de lentejuelas y corbata. Escogiste la mesa del fondo, junto a la pared, cerca de una salida de emergencia. Te sientes mejor cuando puedes ver el salón entero.

Conforme Ben se acerca, su expresión cambia, frunce el ceño y su boca adopta una expresión dura.

—¿Por qué estás usando esas gafas? ¿Qué tienes en el cabello?

Se sienta y no puedes evitar sentirte ofendida; te llevas las manos al flequillo, te acomodas los lentes en la nariz para enderezarlos. Te has mirado en el espejo muchas veces, pero ahora sientes como si te faltara algo.

—Siempre las uso, excepto ese día —dices.

Ben ladea la cabeza y entrecierra los ojos.

—¿No tiene nada que ver con esa foto tuya en las noticias?

Lo ves aguardar, darse cuenta. Lo sabe. Tus ojos van a la puerta, al otro lado de los ventanales de la entrada, escudriñando la calle.

Te deslizas fuera, das dos pasos, pero él te alcanza, su mano en tu brazo.

—No le dije a nadie —dice—. No soy estúpido.

—Si lo sabes… ¿por qué estás aquí?

—Porque me llamaste. Sonaste como si necesitaras ayuda.

—Creo que dije "quiero que nos veamos". ¿Te pareció que necesitaba ayuda?

Ben recorre con la mirada los gabinetes vacíos a tu lado. Te sientas, su mano sigue en tu brazo. Ha bajado la voz y se está inclinando, su rostro justo frente al tuyo

—¿Para eso necesitabas que te llevara? ¿Para robar ese lugar?

—Sé que así parece —dices—. Y sé cómo te va a sonar esto, pero alguien me tendió una trampa. La persona a la que llamé desde tu teléfono. Me dijo que nos veríamos allí. Todo estaba… planeado.

–Ya veo… te tendieron una trampa… Claro….

–Por favor, no necesito que me juzgues, don vendedor de marihuana en los baños de los supermercados. Es la verdad. Y ahora este hombre, un tipo al que nunca había visto, me está siguiendo.

Ben mira a sus espaldas, al otro lado de los ventanales del restaurante.

–¿Te siguió hasta aquí?

–No soy estúpida –repites sus palabras–. Lo perdí, estoy segura, de otra forma no te habría llamado.

Le has estado dando vueltas y tu mejor conjetura es que el hombre comenzó a seguirte después de que fuiste a la oficina, que ha estado detrás de ti desde el centro hasta Hollywood, donde te vio en el restaurante. No estás segura de lo que pasó después. Pensaste que lo habías perdido en la tienda de discos. ¿Y si había estado siguiéndote de lejos todo este tiempo? ¿Fue así como te encontró cerca de la estación de autobuses?

Ben toma el salero y el pimentero de un lado de la mesa y los desliza de adelante hacia atrás entre sus manos.

–¿Dónde te estás quedando?

–En un motel.

Su nariz está quemada por el sol. Tiene las mejillas cubiertas de pecas. Con ese abrigo de capucha se ve más joven que tú, lo que hace su expresión nerviosa un tanto cómica, como la de un niño que intenta comportarse como adulto.

–Si no tienes cuidado, ellos te encontrarán –dice finalmente.

—¿Quiénes? —solo escuchar la palabra *ellos* te hace pensar en la mujer con la pistola, en el hombre del auto plateado.

—La policía…

—No me ha encontrado.

Echas un vistazo alrededor, asegurándote de que nadie haya escuchado lo que él dijo, lo que tú dijiste. Una canción pop retumba en un altavoz. De pronto te arrepientes de haberlo invitado. Ojalá hubieras podido volver a quedarte dormida en la habitación del motel.

—No hice nada —dices.

—No dije que lo hicieras, pero ¿por qué siento que no me estás contando la historia completa? ¿De verdad te llamas Sunny?

Haces una pausa antes de contestar y eso te delata. Él resopla por lo bajo y apoya la frente en sus manos.

—Te diría la verdad si supiera cuál es —respondes—. Pero no la sé.

—¿No sabes tu nombre?

—No. Y no conozco al tipo que me estaba siguiendo, y tampoco sé por qué lo hace.

Un hombre entra por la puerta principal y tú te repliegas en el asiento; tu mano salta a un lado de tu rostro para ocultar tu perfil. Tiene cabello color café, escaso, y lleva camisa blanca de vestir. Miras su nuca, esperando a que voltee, pero cuando lo hace tiene barba y bigote. No es él.

—¿Qué pasa? —pregunta Ben.

No tienes suficiente aliento para responder. No te das cuenta de que tus manos tiemblan hasta que Ben las mira, ve cómo entrelazas tus dedos y los presionas contra la mesa para mantenerlos quietos.

—A ese tipo… ¿no lo habías visto antes de ese día?

–Es lo que estoy tratando de decirte: no lo sé. Solo recuerdo lo que ha pasado hace unos días.

Ben sabe que hay más. Puedes adivinarlo por la forma en que vuelve a tomar el salero y el pimentero, y los mueve una y otra vez. La camarera se acerca y él sacude la cabeza para decirle que no pedirá nada.

–¿Entonces, solo vas a regresar a ese motel? –pregunta después de una larga pausa–. ¿Simplemente vas a esperar hasta que él vuelva a encontrarte? ¿O la policía? ¿Qué hay de tu familia? Alguien debe de estar buscándote.

Piensas de nuevo en el recuerdo, el funeral, las pocas siluetas en los bancos de enfrente. ¿Eso fue real? ¿Cómo puedes estar segura?

–Voy a tratar de llegar a la verdad… Aún no sé cómo.

–¿Y si ese tipo regresa?

Te encoges de hombros. Ya no le tienes miedo al hombre, no en realidad, pero ¿cómo podrías decir la verdad en voz alta? Que después de tenderte una trampa, después de seguirte, te salvó la vida. Que una mujer estaba tratando de asesinarte y por alguna razón él *la mató*.

–Como dije… No lo he resuelto por completo. Ni siquiera una parte, en realidad.

Te levantas para irte, dejando algo de dinero sobre la mesa.

–Quizá deberías permanecer conmigo –dice Ben–. Se supone que iba a quedarme con mi tía mientras mi mamá se recuperaba, pero eso se vino abajo.

–¿Qué quieres decir? –preguntas.

–Ella me sorprendió vendiendo marihuana y… "me pidió que me fuera" –dice, entrecomillando con los dedos–. Me echó a patadas del estilo de vida de Beverly Hills. Así que estoy de vuelta en casa, que a fin de cuentas está más cerca de la escuela. En la parte de atrás hay una vivienda de una planta. Nadie sabrá que estás allí.

–No puedo.

–Es más seguro que un motel.

–Ningún lugar es seguro.

–Dije *más seguro*.

Mientras caminas, él escudriña el lugar en la forma en que tú lo has hecho los últimos días. Mira por encima de su hombro hacia la puerta trasera. Puedes ver cómo esto lo está cambiando, cómo parece estar nervioso. Ahora está involucrado.

–No querrás que esté allí.

Pero lo que realmente quieres decir es *No sabes que no me quieres allí*. Hay demasiadas cosas que no has dicho. No es justo.

–De todas formas, estoy solo. Mi mamá tardará por lo menos otro mes en regresar.

–¿Dónde está?

Su rostro cambia, y puedes ver que no quiere responder, pero te quedas en silencio, esperando.

–En un centro de tratamiento que está al norte.

Algo en ti lo reconoce: la forma en que evita mirarte cuando habla. Su mamá está enferma, y te preguntas si una parte de ti ha pasado por lo mismo. Se siente demasiado familiar... demasiado real.

–Es que... ya tengo demasiados problemas –dices–. No puedo hacerme responsable de nadie más.

–Lo sé.

Pero cuando sales al estacionamiento él señala hacia su Jeep.

No es una buena idea, ni siquiera una idea pasable, considerando lo que ocurrió esta mañana, pero ahí está Ben, mordiéndose el labio inferior con gesto nervioso, clavando la punta de su *Converse* en el pavimento, triturando algunas piedrecillas desperdigadas. Su rostro se está volviendo más familiar: quizá podrías visualizarlo si cerraras los ojos, probablemente escucharías su voz aunque no estuviera aquí.

Debes volver al motel, a la habitación impersonal de tapiz beige y cajones vacíos. Pero cuando él se encoge de hombros y da unos pasos, lo sigues. Y, por primera vez en todo el día, no miras atrás.

CAPÍTULO ONCE

CUANDO SALES DE ducharte el vapor es tan denso que enturbia el aire. El espejo está empañado y te sientes aliviada de no ver tu reflejo. Ahora no hay cicatriz ni tatuaje en la parte interna de tu muñeca. Te pones una camiseta limpia y los pantalones pijama que te dio Ben, con tu sostén deportivo debajo para no sentirte tan expuesta. Cuando entras en la cabaña, algo se está quemando.

–Me dio hambre –dice el chico mientras maniobra en la estrecha cocina y enciende el extractor para que succione el humo que se desprende de la sartén–. Dos sándwiches de queso bien tostados.

Le echas otra mirada a la estancia con piscina, ahora que las luces están encendidas. Es apenas una habitación en la que la barra de la cocina separa los sofás de la estufa y el pequeño refrigerador. La mesita de café quedó arrinconada. El sofá de dos plazas está desplegado, y sobre la colchoneta hay algunas mantas. No hay nada en las paredes, ni una foto enmarcada ni un cuadro ni un póster. Los muebles no hacen juego.

–No vienes mucho por aquí, ¿verdad? –preguntas.

–No mucho –dice Ben. Aplasta el sándwich con la espátula y se desprende humo por las orillas–. Cuando mi abuela vivía, se quedaba aquí cuando nos visitaba, y creo que nada más.

Te acercas a la ventana y haces a un lado las persianas para volver a ver la casa principal. El muro negro es todo de vidrio. Hay un único farol a la derecha, que revela una elegante cocina moderna y algunos bancos metálicos alineados. Las ventanas del segundo piso reflejan las estrellas. Debajo, la piscina es apenas un charco en el patio de ladrillo, sin luces, la superficie inmóvil.

–¿Así que vives solo? –preguntas–. ¿Dónde está tu papá?

Ben toma dos platos de un estante alto. No te mira, sino que repasa los platos con un trapo, frotándolos como si no estuvieran limpios.

–Murió hace unos años.

Quieres preguntar por qué, qué ocurrió, pero la expresión de Ben cambió por algo que no puedes descifrar. Acomoda los platos y vuelve a los bocadillos. Piensas en la vista desde el altar, en que solo había un ramo de flores y no más de una docena de personas. Te preguntas quién era. El recuerdo podría ser de tu propio padre. Es extraño pensar que podría tratarse de algo que ustedes dos compartirían.

–Lo siento –dices–. Solo me preguntaba.

–No, es una pregunta normal –dice–. Una pregunta obvia. Se supone que mi mamá vuelve el mes entrante, pero es difícil saberlo. Así que, bueno... por ahora estoy solo. Cumplí dieciocho este verano, de modo que no pueden hacer mucho. Nadie puede obligarme a que me quede con mi tía.

–Creí que te había echado.

Ben se ríe.

–Eres implacable con los detalles, ¿verdad?

Camina alrededor de ti hasta un cajón, pero el espacio es muy estrecho. Por un instante, su cuerpo está a centímetros del tuyo. Sientes su aliento en la piel.

Cuando alzas la vista hacia él, se aparta. Sus mejillas están ruborizadas. Sigue moviendo los sándwiches con la espátula. Lo observas, esperando atrapar su mirada, pero no lo logras.

–Podrías meterte en problemas por dejar que me quede –le dices.

Él sigue sin levantar la vista. Sirve un bocadillo en uno de los platos y lo empuja hacia ti.

–Podría meterme en problemas por un montón de cosas.

–Pero problemas graves. Problemas por esconder a una fugitiva –le dices.

Toma su plato y se sienta en la orilla del sofá. Se encoje de hombros y muerde su sándwich.

–No hay ningún motivo para que estés precisamente en este lugar. Ellos no podrían saber que nos conocimos, ¿o no?

–No lo creo.

–Entonces, estamos bien. No vas a hacer una fiesta aquí, ¿verdad?

–Nada de fiestas... por ahora –te ríes y muerdes el sándwich. Es lo primero que has comido en días que no viene de un empaque de plástico o de una bandeja de comida precocinada.

–No me preocupa. Vas a solucionarlo todo –se aparta el pelo de la frente–. Además, me gusta que alguien se quede aquí un tiempo.

Sonríe, y de pronto cobras conciencia de que está a tu lado. Su hombro junto al tuyo. La manga de su camiseta roza tu brazo. Los pantalones de su pijama resbalan sobre su cadera y muestran una franja delgada de su espalda.

–Apuesto a que era la recompensa –dice y da otra mordida.

–¿Qué?

–Apuesto a que por eso te seguía ese tipo. Las noticias que vi decían que había una recompensa por la información. Probablemente te reconoció.

Tus entrañas se tensan. Te recuerdan todo lo que no has dicho. No es esa la explicación y lo sabes, pero él no.

–Quizá.

–De cualquier forma, si te encuentran, fingiré que no he visto las noticias. No pueden probar que las haya visto.

Cuando la luz le da en los ojos, se ven de un gris más pálido, casi transparente.

–Entonces... *Sunny*...

–¿Por qué lo dices así?

–No es precisamente un nombre real.

En otros casos te hubieras sentido fastidiada, pero su tono es gracioso.

–Pues, cuando averigüe mi nombre verdadero, tú serás el primero en saberlo.

–Pero de alguna forma te queda bien. Tu temperamento alegre...

Su sonrisa se extiende por toda su cara y no puedes evitar sonreír un poco tú también.

Vas a responder, pero él se estira y te toma el hombro como hizo cuando se conocieron. Te levanta el brazo y estudia el tajo en la piel.

–Se ve mejor –dice.

–Un tipo que me encontré en el supermercado me dijo que era grave.

–No. Se ve bien. Ese tipo debe ser un tonto –el rostro de Ben está a centímetros del tuyo–. Oye, ¿quieres ver algo?

–¿Qué?

–Ven. Mañana tendrás algo de tiempo libre.

Empuja la puerta haciendo gestos con la mano para que lo sigas. Mientras cruzas el patio, te sientes un tanto diferente, más tranquila, y te das cuenta de que no escudriñas los bordes del terreno ni atisbas detrás de tu hombro. Estás a kilómetros de la carretera, lejos de todo lo que pasó esta mañana. La mujer que trató de matarte está muerta. Tienes que creer que cualquiera que haya sido la razón, el hombre que te seguía te salvó. Pudo haberte matado, pero no lo hizo. No te sientes completamente segura, nada puede hacerte sentir segura después de lo que has visto, pero Ben tiene razón. Aquí es más seguro. *Más seguro* es la forma correcta de decirlo.

–La llave está debajo de esta roca –dice Ben y señala una piedra junto a la entrada. Saca sus propias llaves del bolsillo, abre la puerta y entra en el pasillo de atrás. Hay una hilera de zapatos sucios contra la pared, una pelota de básquetbol, una chaqueta y algunos libros.

Vas a la mitad del pasillo y ya sientes lo vacía que está la casa. No hay música, no emanan olores de la cocina ni sonidos reconfortantes de trastos contra el fregadero. Es silenciosa. Tus pisadas flotan a tu alrededor, una luz al frente alumbra una mesa de comedor vacía.

–No me gusta estar aquí –dice Ben, y te preguntas si puede verlo en tu rostro, si sabe que pensabas lo mismo. Baja por las escaleras y lo sigues.

–Normalmente, duermo en el sofá de abajo. Eran de mi papá...

Contra las paredes del sótano hay solo juegos de fichas. Hay una hileras de diez o más maquinitas tragamonedas, una mesa de Pac-Man, una especie de juego de boliche. La ropa de Ben está apilada sobre un extremo de un sofá largo en forma de *L* ubicado en la esquina. En el otro extremo, hay una manta y una almohada. Se afana en recoger bolsas vacías de *Doritos* y mete frascos de medicinas en los cajones de la mesita de café.

–¿Las coleccionaba?

Te sientas en la mesa del Pac-Man y tomas una moneda de un rollo que hay encima. La depositas, maniobras la palanca de mando pero en segundos pierdes tu primera vida.

–En el valle hay una tienda donde las venden –dice Ben–. Me llevaba en mi cumpleaños a escogerlas.

–¿Cuántos años tenías? –le preguntas.

–Me dio la primera cuando tenía doce –contesta Ben. Te observa iniciar el siguiente juego, cómo no puedes evitar atorarte en las esquinas, la palanca que no se mueve como quieres que se mueva. Pone la mano sobre las tuyas antes de que los fantasmas te alcancen, y te ayuda a alejarte. Sientes el pulso de su palma–. Mira: estás mejorando –dice. Te suelta y su mano cae a un costado. Luego, se sienta del otro lado, frente a ti.

–Tienes la ventaja de ser el local –le dices.

–Prepárate –responde riendo–. Son seis años de práctica.

Deposita otras monedas. Comienza la tonada electrónica. Sus ojos se encuentran con los tuyos, y sonríe con esa sonrisa luminosa y franca.

–Me alegra que decidieras quedarte.

Comienza el nuevo juego. La habitación del motel parece muy lejana.

–Lo sé –dices–. A mí también.

CAPÍTULO DOCE

PASASTE TODA LA mañana buscando información en la computadora de Ben. Nada acerca de una chica perdida con un tatuaje en la muñeca derecha. Nada sobre una mujer muerta de un disparo a un lado de la autopista 101, sin importar en cuántos sitios hayas buscado ni las palabras que hayas empleado en tus búsquedas. No existe un sitio de Garner Consulting. Los segmentos de noticias solo mencionan que es una empresa de tecnología, pero ni un solo nombre de alguien que trabaje allí.

Ahora sales de la casa de una planta, toalla en mano, dejando que el sol caliente tu piel. El jardín trasero está en silencio, excepto por el sonido del filtro de la piscina. Te pones las gafas oscuras que Ben te dio y su gorra de beisbolista roja con bordes gastados. Estás a punto de recostarte cuando descubres tirado en el patio, junto a la última tumbona, un abrigo morado con capucha. Hay un iPhone en uno de los bolsillos. Cuando levantas el abrigo, cae una cartera. Dentro hay tres tarjetas de crédito, algunas tarjetas de regalo, una licencia de conducir de Nueva York y un carnet de seguridad social. La abres y cuentas los billetes de veinte dólares en el compartimento principal: siete en total. No necesitas el dinero, pero las tarjetas de crédito son tentadoras. La chica se parece bastante a ti, una adolescente de cabello oscuro. Podrías usar su identificación y tarjetas de crédito para comprar un boleto de avión que te lleve al otro lado del país.

Te recuestas y estás a punto de meter la billetera en tus shorts, cuando escuchas rechinar la puerta. Deslizas de nuevo la cartera en el abrigo. Luego te dejas caer en la tumbona y cruzas las piernas, fingiendo que miras al otro lado del jardín.

La chica entra caminando con tal seguridad, que debes recordarte que ella no tendría que estar allí. Su abundante cabellera negra está rapada de un lado, el flequillo cae sobre su frente, fundiéndose con el resto del cabello, que le llega hasta los hombros. Ajustas la visera de tu gorra, sintiéndote más protegida detrás de las gafas.

–¿Esto es tuyo? –levantas el abrigo y se lo extiendes–. ¿Qué hace aquí?

–Lo dejé –lo toma y se lo amarra a la cintura, como si nada.

–Lo dices como si vivieras aquí…

–Mi abuela vive en la casa de al lado. Es amiga de Liz. A veces sube a verla. Nos ha dicho que podemos usar la piscina cuando venga de visita.

Liz. Ben nunca dijo el nombre de su mamá, pero hay fotos de ella en la casa. Esta mañana descubriste un montón de correspondencia sobre una de las consolas de videojuegos; eran facturas y catálogos dirigidos a Elizabeth Paxton.

–No soy de las que acostumbran sentarse en los jardines de extraños –dice la chica–. Es que… este calor está horrible.

–No hay problema –mientes, tratando de que tu rostro no te traicione.

–Como sea –dice la chica–. Gracias por cuidar a Rhonda.

–¿A quién?

–Rhonda –levanta su abrigo.

–¿Le pusiste nombre?

–Me gusta más pensar que es una energía vital. Estuvo conmigo cuando pasé la prueba de manejo, cuando presenté los exámenes para la universidad, cuando me cambié de casa. Primer beso, primer novio, primer todo.

–¿*Todo...*? –preguntas, sorprendida por la rapidez con que igualaste su tono de voz.

La muchacha baja sus gafas lo suficiente para que puedas ver sus ojos. Luego sonríe.

–Esa es una pregunta muy personal de alguien que ni siquiera sabe mi nombre.

–Tú tampoco sabes el mío.

–No lo traía precisamente puesto… pero estaba ahí; como un testigo –dice con una sonrisa.

Hace ademanes al hablar y sus uñas reflejan la luz; los brillos del esmalte azul centellean. No se sienta, pero intuyes que no tiene la intención de irse, que se quedará parada hablando contigo hasta que le digas que se marche.

Se deja caer en la silla que está a tu lado; el top de su bikini, de color rosa metálico, refleja el sol. Sus pantalones cortos de mezclilla están rotos y dejan ver debajo la tela blanca de los bolsillos. Tiene un piercing en la mejilla y un tatuaje, una frase escrita en el costado derecho: *Si no esperas nada de nadie, nunca te decepcionarás.*

–Tu tatuaje –dices, señalándolo–, ¿de dónde lo sacaste?

–*La campana de cristal.* Un libro. Cuando mis padres lo

descubrieron casi se cagaron. Fue como: "No podemos creer que le hayas hecho eso a tu cuerpo. Te estás arruinando. Es tan cínico. ¿Cuándo te volviste tan cínica?".

–Parece un tanto *cínico*. Pero me gusta.

La chica pasa su dedo por las letras, trazando una línea debajo de ellas.

–Lo jodido fue que cuando me lo hice tenía trece años. Hace tres. Y cuando ellos me dijeron eso, hubo una parte de mí que pensó: *Uy, quizá lo odie. Tal vez seré una de esas personas que tienen tatuajes feos de color negro verdoso y pasaré años deseando no habérmelo hecho. Puede que tenga que quitármelo.* Pero aún me siento así. Sigo pensando que es verdad. Casi deseo que no fuera cierto. ¿Qué hay del tuyo? ¿Qué significan esos números? –señala la cara interna de tu muñeca. Lo cubres rápidamente con la mano. Es un reflejo.

–Es una estupidez –dices manteniéndolo oculto. Ella no pudo haberlo visto tan bien.

–Anda. Yo te enseño el mío, tú me enseñas el tuyo, ¿no? –muestra una sonrisa. Sin los dientes. Solamente los labios, que al apretarse forman hoyuelos en sus mejillas.

–Solo es algo que me hice con un amigo. Los números son… su cumpleaños –dices, preguntándote si podría ser cierto. Piensas de nuevo en el sueño, en el muchacho que te siguió por el bosque.

–¿Qué son las letras? ¿Iniciales?

–Sí, iniciales. Ya no estamos juntos.

La historia es reconfortante: amaste a alguien lo suficiente como para hacerte algo permanente. Casi quieres creerlo. Ella asiente.

–Entonces, ahora estás con el hijo de Liz… ¿Bud? ¿Billy?

–Ben.

–Eso. Mi abuela fantaseaba con que nos caeríamos bien y seríamos amigos mientras yo estuviera aquí. Es lindo... un poco simple para mi gusto. Yo soy más de chicos emo de pantalones y camisetas ajustados, del tipo es-gay-o-no-quién-sabe. Pero no puedo culparte.

Estás consciente de la conexión. Esta chica le cuenta a su abuela y ella a la mamá de Ben. Es mejor que nadie sepa que te estás quedando con él, de que hay un cepillo de dientes en el lavabo y algo de su ropa prestada tirada en el piso del baño.

–No estamos juntos. Solo vengo a veces, pero no hay nada. Es más sencillo estar aquí. Tengo que arreglar algunos asuntos en casa.

–Sí, arreglar las cosas... Te entiendo.

–Sí... ¿no deberías estar en la escuela?

–¿No deberías estar tú?

–Tengo dieciocho –dices. No puedes estar segura, pero comparada con ella, parece adecuado.

–Me tomé un tiempo para quedarme con Mims... mi abuela.

–¿De dónde eres?

–Long Island. ¿Has ido alguna vez? Es una economía basada en centros comerciales, si es que eso explica algo.

No significa nada para ti, pero su expresión cambia cuando lo dice. La chica baja la mirada y juega con algunos hilos sueltos del borde de sus pantalones cortos.

–No he ido.

–Solo me voy a quedar una semana, con perfil bajo, como dicen. Hubo un "escándalo" en la escuela. La solución de mi mamá fue meterse a Internet y comprarme de inmediato un boleto a Los

Angeles –hace unas comillas imaginarias en el aire cuando dice "escándalo".

–Una semana con tu abuela… suena aburrido.

–De hecho, Mims es increíble. Hace yoga a diario y tiene los músculos marcados. En serio: sus brazos están más firmes que los míos. Y es más fácil estar con ella. No tengo que dar explicaciones todo el tiempo.

La chica saca su iPhone. Empieza a buscar, escribe algo y te muestra la pantalla.

–¿Quieres ver algo?

Te inclinas, y ella reproduce un video. Al principio solo aparece una niña en el pasillo de un supermercado. No debe de tener más de tres o cuatro años, y puedes ver las piernas de su madre al fondo, de espaldas. No tiene sonido. La chiquilla lleva un vestido azul y está bailando, aunque no estás segura de qué escucha. Arrastra los pies, alza una mano. Entonces comienza una melodía de guitarra acústica. La escena se corta y aparece una mujer que encaja con la descripción de Mims, captada en un momento a solas, dando un giro rápido en el suelo. El video sigue así por el resto de la canción, mostrando a diferentes personas de edades distintas, bailando sin saber que las observan.

–¿Tú hiciste eso? –preguntas.

–Sí. Tengo un canal de YouTube donde los subo. Me tomó dos años reunir todos esos pequeños momentos. Todo el tiempo estaba sacando mi teléfono, intentando grabar a la gente. Te sorprendería saber con cuánta frecuencia sucede. ¿Viste el del metro, el chico con los audífonos? Ese es mi favorito.

–El mío también.

Vuelve a guardar el teléfono en su bolsillo, luego estudia sus uñas y les quita algunas pequeñas escamas de esmalte. Cuando vuelve a hablar, sus palabras son más suaves y lentas.

–El escándalo fue por los videos. Mi terapeuta diría que lo llamo *escándalo* para atraerte, porque quiero que sepas qué ocurrió. Quería que preguntaras. Y tal vez sea cierto.

–Voy a preguntar. ¿Qué pasó? ¿Fue ese video?

–No. Otro. Te lo mostraría, pero mis papás revisaron cada teléfono y computadora que he tenido y se aseguraron de borrarlo. Contrataron a uno de esos técnicos de Geek Squad. Pero igual, sigue circulando en algún lugar de Internet. Todavía no entienden muy bien cómo funciona la red y lo que ello significa para mi video.

–¿Tan malo era?

La chica levanta sus gafas por arriba de la frente y se inclina hacia delante.

–*Yo* no pensé que fuera malo. Empezó con una foto que estuvo circulando por la escuela. Yo no conocía a esta chica de nuevo ingreso, pero envió un mensaje de texto con una foto de sus tetas a un chico del equipo de fútbol con el que estaba comenzando una relación; él la reenvió a sus amigos, y así sucesivamente. Dos días después, todos en la escuela la habían visto. Y esta es la cosa: la odiaron a ella. Todos hablaban como si ella fuera la mala, no él, y él fue el que la envió a todos sus conocidos. Llegó un momento en que me harté. Así que algunas de mis amigas y yo hicimos ese video: puras tetas.

–¿*Puras tetas?* ¿Y eso qué significa? –no puedes evitar reír cuando lo dices.

–Una foto de tetas, y luego otra, una más, y otra. Solo tetas. Tomé videos de mis amigas cambiándose camisetas y sostenes, luego le puse música. Nuestras caras no aparecen. El punto era: ¿por qué tanto escándalo?, ¿por qué todos están humillando a esta chica? Ella no había ido a la escuela en una semana, y sus amigas decían que no comía y que no podía parar de llorar. Y yo pensaba: *demonios, gente: solo son tetas.*

Hace ademanes, una versión de dibujo animado de ella misma, y te preguntas si es alguien con quien habrías tenido una amistad antes de esto. ¿Te habría agradado tanto? ¿Habrías confiado en ella?

¿Acaso importa?

—Así que no salió bien...

—No. Por eso el viaje para visitar a Mims. Sigo pensando que tengo razón... Como sea, ¿qué hay de ti? ¿De qué estás huyendo?

Sus palabras te toman desprevenida, y aunque sabes que solo es una expresión, todo en ella te inquieta. No hay razón para que la policía pudiera buscarte aquí, pero no puedes evitar echar un vistazo a la entrada posterior, asegurándote de que nada parezca fuera de lugar.

—En casa es una locura. Mis padres pelean todo el tiempo. Es mejor salir y venir acá.

—Sí, aquí es agradable... —la chica se levanta y camina por la orilla de la piscina. El agua no está tan clara o limpia como podría estar, eso es obvio, pero ella empieza a bajar los escalones, mojándose las piernas. Está a punto de avanzar, cuando una voz grita del otro lado de la cerca.

—Iz, vamos —dice una mujer—. Tenemos que verlos en media hora. Si no salimos pronto, nos vamos a quedar atoradas en la 10.

—Mejor me voy —dice la chica, salpicando al subir la escalera.

Se inclina para recoger sus cosas–. Pero voy a andar por aquí mañana… y pasado mañana… y al día siguiente. No tengo auto.

–Yo tampoco. ¿Entonces, tú eres… Iz?

–Izzy. Ahora tienes que decirme el tuyo.

–Todos me dicen Sunny.

–¿Te veo mañana, pequeña Miss Sunshine?

Sonríes, y se siente tan bien que te sorprendes. Te recuestas sobre la tumbona; el sol es reconfortante, y por primera vez en esta mañana tus hombros se relajan. Sabes que sería mejor que no volvieras a verla; si inventaras alguna excusa para decirle que no vas a estar mañana… Es más arriesgado. Pero mientras ella camina hacia la puerta, no dices nada, y eso parece suficiente respuesta. Se despide con su abrigo en la mano.

CAPÍTULO TRECE

—PRIMA RITA —BEN condujo el jeep hasta el parque y apagó el motor. No dejó de sonreír en todo el camino.

—¿En serio? ¿Rita? ¿Qué tal Tess o Zadie o algo divertido?

Bajas la visera y observas tu reflejo en el espejito. Te peinaste el flequillo recto, así que lo llevas sobre las gafas, ocultando tus cejas.

—Creo que Rita es gracioso —dice.

—Es nombre de señora mayor.

—Por eso es gracioso.

Miras por la ventanilla del copiloto. Los chicos tropiezan por el jardín, algunos con vasos desechables rojos, otros se sacan botellas de la bolsa trasera de los pantalones. El paso para autos está tapizado de latas aplastadas. Detrás de la puerta metálica solo alcanzas a ver la parte superior de la multitud, las cabezas que se balancean, la mano ocasional que se mueve en el aire.

—No debí hablarle a esa chica hoy... —dices para retomar la conversación anterior. Pasas un dedo bajo la muñequera de cuero. Ben la encontró en un cajón y te la dio, para que la cinta cubra el tatuaje.

—¿Y qué se supone que hubieras tenido que hacer? ¿Ignorarla? Habría sido todavía más raro.

Ben saca unas cajas de plástico de la guantera y se las guarda en los bolsillos.

–Transmitieron la noticia hace tres días; si no la vio, ya no podría verla –dijo–. Yo fui quien te dejó allá, y aún así tuve que repetir el video para estar seguro de que eras tú. Lo peor que puede pasar es que alguien le diga a mi mamá que tengo una novia. Lo más probable es que se sienta aliviada de que no me la pase jugando *Halo* y comiendo *Cheetos*.

Baja del coche y te hace señas para que lo sigas. Un muchacho y una muchacha están tumbados en el pasto; la cerveza se derrama del vaso de ella mientras se besan.

–Entonces, ¿cuál es la historia? –le dices–. ¿Soy tu prima?

–¡Claro! –ríe Ben–. Aunque nadie va a preguntar. Entramos y salimos en diez minutos.

Mantienes la cabeza gacha al salir del jeep y alzas la mano para tapar tu rostro. La música es estridente. La casa se extiende por la ladera de una colina, con la ciudad al fondo callada y tranquila. Ben marcha al frente. Mete la mano en el bolsillo de sus pantalones de mezclilla, tanteando las cajitas que viste que reunía. Te prometió que solo iba a dejarlas. *Entrada y salida, nada más de paso,* dijo.

Choca las manos con un muchacho que lleva una gorra de los Dodgers. Zigzagueas entre la multitud, apretujándote entre chicas de ojos muy maquillados y rizos tiesos.

–Rex, te presento a mi prima Rita –dice Ben a gritos. Un muchacho con los ojos inyectados te sonríe y asiente con la cabeza. Ben te conduce hacia unas puertas corredizas de vidrio. Detrás, algunos chicos se pasan una pipa. Él gira y te toma de la mano.

–No tardo –te dice–. Prométeme que no te meterás en problemas.

–Haré el intento.

Te das la vuelta y te escurres hacia el patio atestado. Un muchacho se metió vestido a la piscina. Su suéter se hincha sobre él, los pantalones se le pegan a las piernas flacas.

Cuando Ben desaparece en el interior, cruzas el patio bajo series de luces navideñas hasta una mesa cubierta de botellas medio vacías. Ahí, dos muchachas exprimen limones en algún brebaje rosa. Te sirves un whisky en las rocas, tomas el primer sorbo y disfrutas de la sensación cálida en tu garganta conforme baja. Ben tenía razón: nadie se fija en ti. Las chicas hablan de los amigos que conocieron en algún parque, de que a veces van ahí a beber (no hay polis) y de que quizá vayan mañana al auditorio a oír a una banda.

Es liberador perderse entre tanta gente. Algunos juegan al embudo de cerveza. Otros están despatarrados por el jardín, con el pelo enredado y húmedo y los ojos entrecerrados. Tú llevas una camiseta holgada y pantalones cortos, y tu atuendo es como tu capa de invisibilidad. Nadie voltea a verte. Nadie estudia tu cara. Te sientas en el patio, te descalzas, y dejas que tus pies bajen al agua fresca y clara.

Bebes de tu vaso. Miras cómo se desenvuelve la fiesta ante ti. El muchacho salta a una balsa inflable y extiende los brazos. Unas chicas forman un círculo en el rincón más alejado del jardín y bailan. Piensas: "Así es la normalidad".

Tus miembros se entibian, el dolor del costado se va. No sabes cuánto tiempo ha pasado cuando Ben regresa. Mira el vaso.

–¿Te diviertes?

–Debí preparar uno para ti.

–No, yo no bebo.

No sonríe cuando lo dice, y por eso sabes que no es broma.

–¿Por qué?

–Porque... no sé. Pero no bebo.

–Así que no bebes ni fumas... Entonces, ¿por qué vendes *Molly*?

Una mueca extraña recorre sus labios. Se inclina; su voz es más baja que antes.

–Cuidado con tus juicios, señorita-me-busca-la-policía.

–Vamos... Es una pregunta justa...

–La vendo para ganar dinero. ¿No lo hacen todos por eso?

Tomas otro sorbo de tu bebida y tragas la mezcla líquida.

–¿Fuiste a la preparatoria con ellos?

–Son chicos de escuela privada –dice–. Yo estoy en la preparatoria pública Marshall. No existo para ellos.

No sabes dónde está exactamente Marshall, pero eso explica el viaje hasta esta casa, por qué se tardaron más de media hora serpenteando por los caminos estrechos del cañón sin poder ver más allá del resplandor de los faros. Ahora que estás aquí, te sientes más lejos de todo lo que pasó, de la preocupación de que la gente te reconozca por haberte visto en las noticias.

–¿Estoy logrando verme normal? –preguntas.

Ben se ríe.

–Sí, te integras bastante bien. ¿Tú te sientes normal?

–Más de lo que me he sentido en toda la semana.

–Habitualmente, después de clases me quedo lo más tarde que pueda –dice Ben–. Los muchachos van al parque Griffith y haraganean en el estacionamiento. O paseo en el coche. Pero hoy fue el primer día que quise regresar a casa. Fue raro.

–Gracias... creo.

Ben vuelve a reír.

–Quiero decir "raro" en un buen sentido.

Mientras él estaba en la escuela, viste la foto en la chimenea. Su papá, su mamá y él cuando tenía unos doce años. Estaban en alguna reunión formal. Ben iba de traje y corbata. Su madre reía y miraba a un lado de la cámara. Se veían felices, congelados en ese momento perfecto.

–¿Cuándo sucedió? –preguntas–. Tu papá, todo lo de tu mamá...

–Son muchas preguntas...

–No tienes que contestarlas.

–Mi papá murió hace tres años. Era diez años mayor que mi mamá y se enfermó. Le dio tos y no le hizo caso, seguía yendo a trabajar. Entonces empeoró. Fue al hospital y... murió.

–¿Qué tenía?

–Neumonía. Me enojé mucho porque fue tonto, ¿sabes? Si hubiera ido antes, es probable que no se hubiera muerto.

Piensas de nuevo en el funeral, en la iglesia que existió solo esos breves minutos. ¿Cuándo estuviste ahí? ¿Era tu propio padre? Quisieras decirlo, pero no crees que sea correcto, como si compararas su vida con una vida imaginaria, con algo que no estás segura de que sea real.

Ben mira la fiesta, la gente que deambula por el patio atestado; algunos alzan los vasos sobre la cabeza.

–Y mi mamá... no sé cuándo pasó. Sé que cuando murió mi papá tuvo que pasar por todo ese asunto. Mi padre no le dijo mucho al respecto y sé que ella se sentía ansiosa. Pero luego me di cuenta de que se perdió... empezó a ocultarme cosas. Actuaba como si fuera otra persona. Se fue hace dos meses.

Mueves la mano hacia la de él y deslizas tus dedos bajo los suyos para saber cómo se siente. Su expresión es más grave y por un instante te sientes insegura y hasta nerviosa. Su rostro está a centímetros del tuyo.

Ben toma tu mano y la oprime. La acerca y la trata como un objeto delicado, le da la vuelta, la presiona entre sus palmas. Luego mira la fiesta, donde otros muchachos saltan vestidos a la piscina. Una chica se sienta en las escaleras, con sus pantalones cortos, el top y el pelo empapados y el maquillaje escurriendo por las mejillas.

–Y esa es la historia –dice Ben. Se inclina hacia ti y sonríe–. ¿Alguna otra pregunta? ¿Podemos irnos ya?

–Ninguna otra pregunta –dices.

–Bueno, entonces vámonos.

Se pone de pie de un salto y te ayuda a levantarte. Intentas calzarte, pero Ben ya está en marcha. Trastabillas detrás de él, intentando seguirle el paso.

–¿A dónde vamos?

–A nadar.

No se da vuelta mientras lo dice. Tú observas a un chico en el agua que lucha por subirse a una balsa rosa fluorescente.

–¿Dónde? ¿En tu casa? –le preguntas.

–Algo mejor –dice–. Ya lo verás.

CAPÍTULO CATORCE

ES DIFÍCIL VER dónde termina el sendero y comienza la maleza. Bajas lentamente por el estrecho camino, tus manos sobre los hombros de Ben, tus pies inestables en la arena. Abajo, a lo lejos, el océano se ve plateado y brilla tenuemente. La luna arroja su luz sobre el agua.

—Solo falta un poco —anuncia—. Es aquí.

La escalera de metal corta la ladera rocosa del acantilado y desciende un tramo equivalente a dos pisos hasta una estrecha franja de arena. Sigues a Ben, observando dónde pone los pies. Esquiva los boquetes oxidados en el metal, los espacios donde los escalones se han corroído. Te sujetas con fuerza del pasamanos, con la otra mano en la correa de tu mochila. En unos minutos bajan hasta la playa.

Es un angosto camino de arena junto al acantilado; unas cuantas rocas sobresalen del agua. A unos treinta metros hay un viejo velero. Desde donde estás puedes ver la costa al sur, salpicada de luces y una rueda de la fortuna girando a la distancia.

—Este es uno de mis lugares favoritos. Acostumbrábamos a venir cuando yo era niño. Ben se dirige al agua al tiempo que se quita la camiseta y muestra su espalda desnuda. Tú dejas caer la mochila, sacas la delgada manta y la colocas sobre una roca cercana.

Te quitas tu abrigo y lo dejas sobre la arena. Ben ya se ha metido al agua y se dirige a un pequeño grupo de rocas que sobresalen. Doblas la orilla de tus pantalones cortos, te amarras la camiseta, la anudas por arriba del ombligo y lo sigues, dejando que el agua fría golpee tus tobillos, tus muslos, tu cintura...

Contienes el aliento, te zambulles, nadas hacia donde está más hondo. Te has alejado tanto que ya no puedes tocar el fondo, pero es fácil moverte con las olas, y te preguntas dónde y cómo aprendiste a nadar. En unos cuantos segundos estás a tres metros de las rocas. Sus siluetas cortan la superficie del agua. El enorme acantilado detrás de ellas mide casi diez metros de alto.

Las olas chapotean contra la parte baja del risco, donde se acumulan las algas. Es extrañamente atractiva la forma en que las rocas sobresalen, resplandecientes y doradas bajo la luz de la luna. Antes de empezar a cuestionarte, sales del agua, encuentras de dónde asirte y comienzas a escalar.

—¿Qué estás haciendo? —grita Ben desde abajo, en alguna parte.

No contestas. La parte baja del acantilado es oscura y resbalosa; las piedras están cubiertas de algas. Metes los dedos entre los huecos; las palmas te arden mientras subes metro y medio más, donde la roca está seca y áspera. Es tan sencillo. Tu cuerpo abraza el risco. En poco tiempo estás a seis metros sobre la superficie, tal vez más.

—¡En serio, Sunny! —grita Ben—. ¡Vas a matarte! ¡No hay suficiente profundidad como para que saltes!

Mientras él habla, tú alcanzas una estrecha saliente, de no más de quince centímetros de ancho. Recargas tu cuerpo contra la roca y te vuelves para quedar frente al océano. El cielo está justo delante de ti, extendiéndose sobre el horizonte.

Ben dice algo más, pero no puedes escucharlo. Tus pies ya están empujando la roca. Puedes sentir la velocidad de la caída, cómo no hay nada debajo de ti, solo aire. Extiendes los brazos, arqueas la espalda. El agua se apresura a encontrarte. En el último segundo te enderezas, proyectando las piernas hacia arriba.

Cuando cortas la superficie estás tan despierta, tan viva. Tienes los ojos cerrados y bajo el agua, en esa quietud, tienes el recuerdo instantáneo de un bosque. Un borde cubierto de musgo junto a una cascada. Una figura pasa detrás de ella, solo una silueta. Sueltas aire. Las burbujas ascienden a tu alrededor, y luego la imagen se va. Estás ahí, sola, escuchando los latidos de tu corazón.

No había temor ni preocupación, solo la noción de que habías estado ahí. Ese lugar era familiar. Vuelve a ti lentamente. Los recuerdos regresan poco a poco. ¿Cuánto tiempo pasará hasta que lo recuerdes todo? ¿Cuánto falta para que sepas quién eres?

Cuando finalmente sales a la superficie, Ben está riendo.

–Carajo –dice–. Eso estuvo muy loco. ¿Cómo lo haces?

Ríe de nuevo y tú te quitas el agua de los ojos. Sabes que lo has hecho antes. ¿Cuándo y dónde? No tienes idea.

–No sé. Solo lo hice –respondes. La agitación que te produjo sigue contigo, tu corazón está acelerado y aún te punza la piel que golpeó la superficie.

Mientras nadas hacia la orilla, él te sigue deprisa, incapaz de aguantar el ritmo. Llegas y caminas hacia la playa. Te paras en la arena, exprimiendo el agua de tu camiseta.

Te toma un momento notar a Ben. Está inmóvil en la orilla de las olas, mirándote.

–¿Qué estás viendo? –preguntas, insinuante.

No dice nada. En vez de responder, toma la manta de la roca y te la pone sobre los hombros, sin soltar los bordes.

–Solo a ti.

–¿*Solo* a mí? –finges estar ofendida.

–Es decir... tú... –él sonríe–. Bueno, no es precisamente fácil decirle a una chica que es bonita, buena onda y... diferente.

–¿Nunca habías conocido a una chica sin memoria?

–No –cuando ríe, sientes su aliento tibio en la mejilla.

Lo dice con suavidad, inclinándose. Su cara está solo a unos centímetros de la tuya.

–Eres la primera...

–¿No hay asaltabancos en tu pasado? –murmuras, pero antes de que puedas decir algo más, él se acerca y presiona sus labios contra los tuyos, mientras desliza una mano hacia tus costillas.

Dejas que te bese, sus labios en los tuyos, en tus mejillas, en tu mentón. Tus manos toman su rostro mientras él te abraza. Presiona su cuerpo contra el tuyo, y tú te sujetas a su espalda, sintiendo cada músculo debajo de su piel, acariciando sus hombros. Ben sonríe mientras se arrodilla y te lleva con él hacia la arena.

–Estoy feliz de que me hayas sorprendido vendiendo marihuana en ese supermercado.

Ríe. Su mano se desliza sobre tu vientre, su dedo hace círculos alrededor de tu ombligo.

–Estoy feliz de haberte sorprendido vendiendo marihuana en ese supermercado.

—Estoy feliz de que tú estés feliz de haberme...

Antes de que pueda terminar, te colocas sobre él y lo besas de nuevo y se queda sin habla. Tu cabello escurre sobre su pecho, y tú retiras el agua. Él se mueve metódicamente, cubriendo tu piel con sus labios, siguiendo una línea desde tu clavícula hasta la barbilla. Es tan agradable y fácil que te irritas cuando se detiene. Retrocede. Sus dedos encuentran tu cicatriz.

—¿Esto es de antes?

—Estaba ahí cuando desperté.

Vuelves la cabeza y te cubres con la mano.

Lenta, suavemente, él hace tus dedos a un lado. Tú cierras los ojos mientras los mueve, no quieres ver su cara. Su aliento se acerca, su calor en tu cuello, y entonces sus labios la tocan. Él la besa a lo largo, sin parar, hasta que ha cubierto cada centímetro.

—La odio —susurra—. No mereces nada de esto.

—No lo sabes. Yo podría haber...

—Lo sé.

Parece tan seguro que quieres creerle. Quienquiera que hayas sido, cualquier cosa que hayas hecho, tal vez había una razón para que te ocurriera eso. Quizá todo tenía una explicación.

Él se recuesta sobre la manta y tú apoyas la cabeza sobre su pecho. Te cobijas, acurrucándote bajo su barbilla.

—Ya volverá —dices, sin estar segura de a quién intentas reconfortar—. Recuperaré la memoria.

—Lo sé —repone Ben.

Estás acostada allí, con arena y sal de mar en el cabello, mirándolo mientras cierra los ojos y sucumbe al sueño.

Quieres hacer lo mismo, pero no puedes. Pasan diez minutos,

luego otros diez, y tienes mucho frío, estás demasiado inquieta, pensando solo en la libreta dentro de tu mochila. Sabes que no puedes arriesgarte a volver a la terminal de Greyhound, que ellos suponen que intentarás escapar de nuevo, que estarán buscándote en estaciones de tren y en paradas de autobús. Si esa mujer te estaba persiguiendo, podría haber otros, pero ¿quiénes? ¿Cuánto tiempo pasará antes de que te encuentren?

Te separas de Ben, tratando de no despertarlo.

Luego sacas de la mochila una camiseta y unos pantalones secos para cambiarte la ropa empapada. Exprimes el agua de las puntas de tu cabello, lo atas y te sacudes la sal del rostro.

Tomas la libreta y hojeas hasta llegar a la última página, donde escribiste:

—El hombre llevaba camisa blanca de vestir y pantalones negros.

—Conducía un Camry plateado sin placas.

—Me siguió dos veces: primero al salir del restaurante en Hollywood y después cerca de la estación de autobuses, a cinco cuadras.

—Me encontró más de un día después.

—Él le disparó a la mujer que me perseguía y la mató.

—Él me salvó la vida.

Mientras revisas la lista, relees una y otra vez dos líneas: *Él te siguió dos veces. Tardó más de un día en encontrarte.* Dos veces él supo dónde estabas y aparecía de pronto, como salido de la nada.

Es posible que la primera vez haya sido una coincidencia y que haya seguido tu rastro del primer lugar al segundo, pero cuando intentas descifrarlo (todas las horas que pasaron entre el restaurante y la terminal de autobuses, todos los lugares en los que estuviste en ese interín) te detienes en esa palabra: *rastro*.

Agarras la mochila como si estuviera en llamas. La vacías sobre un montículo de arena. Separas la ropa, vuelves a desdoblar el mapa y lo presionas, tratando de ver si es posible que haya algo dentro. Revisas todo, con el pulgar vuelves a hojear los billetes, abres la navaja, revisas dos veces la lata de gas pimienta.

Estás a punto de dejarlo cuando notas algo en la costura de la mochila.

Revisas cada centímetro, presionando con los dedos el forro de tela. Finalmente, metida detrás de la etiqueta de fábrica, encuentras una placa cuadrada de metal. Con un corte de la navaja cae en tu mano.

Puedes escuchar el pulso retumbar en tus oídos, tu respiración tan entrecortada que duele. Es más pequeña que la batería de un teléfono celular. Podrías haber pensado que era un dispositivo de seguridad, algo para evitar el robo en una tienda.

Miras a Ben, aún dormido sobre la arena, la manta protegiéndolo del viento que viene del mar. No puedes ponerlo en una situación aún más peligrosa. No lo harás. Vuelves a meter todo en la bolsa y te vas. Subes por la escalera metálica inclinada, mirándolo mientras caminas por la cima del acantilado. Al llegar a la cuneta, dejas atrás su jeep y tomas el camino estrecho que te llevará de nuevo a la autopista de la costa del Pacífico.

Él sabía dónde estabas, piensas. *Él sabe dónde estás.* Caminas y caminas. Si te siguió antes volverá a hacerlo, ¿no? ¿Cuándo tendrás que volver a quitártelo de encima? Es hora de que recibas respuestas de la única persona que puede dártelas. Tienes que tenderle una trampa. Si el hombre te siguió dos veces, volverá a seguirte.

Continúas moviéndote en la oscuridad, esperando llegar al punto donde el camino se divide. Esperando ver que el jeep de Ben pase a toda velocidad. Sigues esperando hasta que llegas a la autopista. Levantas el pulgar y después de algunos minutos una anciana se detiene y ofrece llevarte de regreso por la costa.

CAPÍTULO QUINCE

EL HOMBRE LLEVA casi una hora sentado afuera del reformatorio juvenil. El aire acondicionado está puesto al máximo, pero el auto sigue caliente, el hielo de su vaso derretido, el refresco dietético aguado. Mira la foto sobre el asiento del copiloto. El chico no puede tener más de diecisiete. En la foto se ve de perfil. Da la impresión de que se ha roto la nariz una o dos veces. Un tatuaje se asoma por el cuello de la camisa; es el nombre de alguien en escritura apretada.

Es casi mediodía. Está seguro de que no vio entrar al chico. La única manera de abordarlo es esperarlo a la salida. Habría sido más fácil si hubiera podido preguntarle a quien controla la entrada, deslizar algún billete a la persona del mostrador. Pero tenía instrucciones precisas. Estaciónate ahí, espera ahí, acércate a él cuando haya caminado tantas cuadras. El reclutamiento se vuelve más detallado conforme pasan los meses. Últimamente no puede parpadear sin pedir autorización primero.

Abre la guantera. Además del rollo de efectivo, hay una bolsa abierta de gomitas *Swedish Fish*. Maureen lo mataría si se enterara. "¿Nada más una? –le preguntaría–. ¿Cuándo te has conformado solo con una?". Saca una de la bolsa y dobla el plástico varias veces, como si pudiera sellarlo. Luego regresa la bolsa a la guantera y la esconde detrás del dinero. Cierra el compartimento y piensa: "Ahí se me olvidarán. Ya no comeré más".

Pero en cuanto mastica la gomita ya quiere otra. Todavía no se la traga, y ya se estira hacia la guantera. Lo único que lo impide es el teléfono, el tonto zumbido en el bolsillo delantero de su camisa. Lee: "Bloqueado", como casi todas las llamadas. De todos modos, contesta.

—¿Sí?

—Soy yo. Pregunta rápida.

Con Iván nunca hay preguntas rápidas. Siempre es necesario tranquilizarlo, dejar que se desahogue hablando un poco. Apenas tiene dos semanas de trabajar con ellos y las llamadas han sido constantes, estas peticiones mínimas de tranquilidad.

—¿Cuál? Estoy ocupado.

—El aparato de rastreo ya no se mueve.

—¿Dónde está?

—Es algún parque. Lleva ahí dos días, no se ha movido ni metro y medio.

—¿Y qué? —contesta, y mira las puertas del albergue. Sale un tipo bajo con camiseta manchada, una bolsa de lona le cuelga del hombro. No es él.

—¿Qué hago? Ya les di la segunda ubicación.

—Si te preocupa, ve a revisar. Entre tanto, deberías notificarles.

Salen otros dos tipos, se demoran un momento y doblan a la derecha. El chico aparece tras ellos. Cabeza rapada, algo de ropa enrollada bajo el brazo. No se fija en el auto al otro lado de la calle.

—¿Qué quieres decir? ¿Crees que haya pasado algo?

—En toda la semana se ha movido por sobre los cien grados. Ella está en un parque y no se mueve. ¿Qué crees que significa?

No espera a que Iván responda, sino que cuelga y se guarda el teléfono desechable en el bolsillo trasero antes de salir del coche. Se queda diez metros detrás del muchacho, sonriendo, porque sabe que lo hace ver más cordial, más accesible. Quiere verse como alguien confiable.

Otras dos calles antes de abordarlo. Se enjuaga el sudor de la frente, dobla la esquina, se aleja del correccional juvenil. Solo otras dos calles.

CAPÍTULO DIECISÉIS

LUCES. EL LENTO crujir de la grava bajo los neumáticos, luego el motor se apaga, dejando el bosque en silencio. Cuando el sol comenzó a ponerse, cerraste los ojos solo unos minutos y ahora el bosque está a oscuras. Hay un auto en el estacionamiento. La portezuela se abre y se cierra. Un hombre escribe algo en su teléfono y empieza a caminar por el sendero que está unos seis metros más abajo.

La luna llena brilla, lo que hace más fácil ver la curva donde enterraste el rastreador, debajo de una piedra cuadrada grande. Has estado ahí durante dos días, ocultándote entre la maleza y los árboles. Dejaste a Ben en la playa solo, y sabes que probablemente está preocupado, preguntándose qué sucedió contigo, dónde estás. Pero no puedes pensar en eso ahora. Necesitabas hacer esto. Si el localizador no se está moviendo, tú no te estás moviendo, y el hombre finalmente ha descubierto por qué.

Levanta la vista, con la barbilla en dirección hacia ti. El tenue brillo azul de la pantalla del teléfono ilumina su cara. Tú estás en lo alto, detrás de unos matorrales y arbustos frondosos, a unos metros de otro sendero angosto. Has escondido tu mochila en una zanja a tu lado, junto con botellas de agua vacías y basura de días anteriores, las envolturas de los sándwiches que compraste en el comedor del planetario del parque. Buscas en la parte superior de la mochila los cinchos de plástico y la cuerda que encontraste en una tienda de artículos militares. Tocas tu bolsillo para cerciorarte de que el gas pimienta sigue ahí. La navaja aún está en tu cinturón.

Él lleva el teléfono en la mano mientras camina, mirando la pantalla ocasionalmente. Puedes ver su brillo, un halo de luz que serpentea desde abajo, avanzando hacia ti. Estás justo arriba, a no más de seis metros de él. Desaparece, luego reaparece al dar vuelta en la curva. Cuando avanza hacia el rastreador saca un segundo teléfono del bolsillo del pantalón. Está zumbando. Lo desdobla para contestar.

–Estoy aquí –dice–. Llamaré en cuanto tenga noticias.

Has escuchado su voz en alguna otra parte, pero no sabes dónde. ¿Fue en un sueño? ¿Ya lo conocías? Lo ves darse la vuelta, la mano cerrada en un puño. Quienquiera que esté del otro lado de la línea está diciendo algo. La boca del hombre sigue abriéndose y cerrándose para tratar de responder, sin poder soltar más que una serie de "pero... y... sí, pero...".

Cuelga plegando el teléfono con el dedo. Mira alternadamente la pantalla y el sendero. Está a unos metros del localizador. Se sobresalta y entorna la mirada hacia los matorrales, alumbrándose con el celular.

Sales de entre los arbustos, avanzas por la vereda hacia donde está él. Te da la espalda mientras se adentra en el bosque. Está más delgado de lo que recuerdas, con una piel tan pálida que parece fantasmal bajo la luz de la luna. Empuja algunas ramas y mantiene un brazo en alto para protegerse la cara. Está tan desesperado que casi sientes algo por él. Parece una persona diferente de la que viste en el estacionamiento.

Su cinturón está vacío, no hay pistola ni funda en la cintura, y hasta donde puedes ver no lleva otra cosa que el teléfono. Ahora estás a solo tres metros, tan cerca que puedes escuchar su respiración, tu mano aferra la lata de gas, el dedo sobre la válvula. Cuando da otro paso, te abalanzas sobre él. Al acercarte, te das cuenta de pronto de lo pequeña que eres: él es treinta centímetros más alto; aunque es delgado, se mueve rápido y se da la vuelta antes de que estés a medio camino.

Disparas el aerosol; un fino chorro le golpea la nariz y la boca. Su rostro se tensa, su espalda se encorva, se cubre el rostro con las manos. En la débil luz puedes ver el sudor que cubre su frente y escurre por su cara.

Cuando estás segura de que no puede verte, te acercas y sacas una correa de plástico de tu bolsillo. La colocas alrededor de una de sus muñecas, metes su otra mano por el hueco y aprietas hasta que ambas muñecas quedan juntas. Él intenta correr, pero tropieza y su mentón golpea la tierra.

Cuando se da la vuelta, su cara está hinchada y llena de manchas; el aerosol dejó una marca roja en su rostro.

—Creí que estabas muerta —dice, al tiempo que deja caer la cabeza sobre la ladera rocosa—. Debí saber que era una trampa. Me advirtieron que eres lista.

—Yo te conozco —respondes y de inmediato descubres por qué su voz te resultaba familiar. Él fue quien contestó el teléfono. Fue él quien te dijo que te dirigieras al edificio de oficinas—. Me tendiste una trampa.

Desenfundas la navaja y presionas la hoja contra su garganta. Tienes tantos deseos de saber, de hacer que te diga algo, cualquier cosa que sea real.

–¿Quién eres? –preguntas–. ¿Por qué la mujer intentaba matarme? ¿Por qué me estaba persiguiendo?

Tan pronto la navaja presiona su cuello, él se tensa. Tus dedos aprietan la empuñadura, y una voz surge dentro de ti.

No. No somos asesinos. No somos como ellos.

Las palabras son tan vívidas, tan reales, que giras esperando ver al muchacho del sueño. Es como si estuviera parado detrás de ti. Era su voz, estás segura de eso, y cierras los ojos, intentando evocarlo de nuevo. Transcurren unos instantes y sabes que se ha ido. *Él se ha ido.*

El hombre te mira, apenas puede abrir los ojos.

–Era yo. Nunca dije que no lo fuera.

–Pero ¿por qué? ¿Por qué me dijiste que fuera allí? ¿Qué quería esa mujer de mí?

–No lo sé –dice jadeante, y entonces te das cuenta de que tu mano se ha movido. Tu muñeca ahora está presionando su tráquea. Lo sueltas y retrocedes unos pasos.

Cuando vuelves a dirigirte a él, parece aterrorizado. Sus palabras van tomando ritmo, cada una agolpándose sobre la siguiente:

–Esos hombres me pagaron para que preparara la oficina, pero ellos lo hicieron con otras personas. Tal vez hay otros cuatro de por medio. Ni siquiera sé sus nombres.

–Sabes tu propio nombre. ¿Quién eres?

–Iván. Iván Petrovski.

–Explica –dices–. Te escucho.

–Hace un mes estaba haciendo trabajos pequeños para este tipo.

Él era amigo de un cliente al que le había ayudado a comprar una casa: soy agente de bienes raíces. Me dijo que un colega estaba buscando a alguien para hacer un trabajo. Quince mil dólares por un mes. Incluía colocarle un localizador a alguien. Les reportaba dónde estaba y también hacía otros trabajos antes y después.

–¿Otros trabajos? –preguntas–. ¿Como hacer que pareciera que yo había asaltado ese lugar? Tú *mataste* a alguien.

–No sé por qué querían que te persiguiera la policía; no me dijeron. Solo me ordenaron que lo arreglara, y que tan pronto como salieras de la estación del metro yo debía llevar un registro de los lugares a los que ibas. Me llamaban dos veces al día para preguntar por tu ubicación.

–¿Quiénes son "ellos"? ¿Quiénes son las personas con las que has estado hablando?

–Yo recibo instrucciones específicas de alguien que recibe instrucciones de alguien más. No lo sé exactamente… No estoy seguro de quiénes son –se remueve sobre la tierra, tratando de sentarse.

–¿Entonces, aceptaste trabajar para ellos y no hiciste preguntas?

El hombre se encoge de hombros, con expresión insegura.

–Necesitaba el dinero, y una vez dentro no pude salir. Pero no soy una mala persona. Cuando vi que ella iba a matarte, la detuve. Te salvé.

–¿Quién era? ¿Le hice algo? ¿Me conocía?

–No sé quién era; nunca la había visto.

–Si no la conocías, ¿por qué le disparaste? ¿Por qué no a mí?

El hombre aprieta los ojos.

–No lo planeé; no sabía que eso iba a pasar. Les había dado la información sobre la terminal de autobuses y luego te seguí, aunque se suponía que no debía hacerlo. Durante semanas hice todo lo que me pidieron y empezaba a sentir… Tenía la sensación de que algo iba a pasar, y yo quería saber qué era, por qué me estaban pagando. Luego me di cuenta de que ella iba a matarte. Y algo en mí… no sé. Eres solo una niña. Tengo una hija que es un poco menor que tú. Tenía la pistola en el auto… Simplemente lo hice.

–¿Y ahora qué? ¿Vienen por ti?

Él sigue sacudiendo la cabeza, y por primera vez notas la cicatriz que cubre una parte donde debería estar la oreja derecha.

–Les dije que tú la mataste. Tuve que hacerlo…

–¿Por qué? ¿Por qué hiciste eso? –preguntas con voz irregular. Toda la incertidumbre vuelve. Si antes te querían muerta, ¿qué pasará? ¿Qué harán ahora que piensan que mataste a uno de los suyos?

Él no contesta. Es difícil determinar si sabe más de lo que está diciendo, pero no hay razón para quedarse ahí, escuchándolo, intentando sacarle la verdad. Te arrodillas y tomas de su bolsillo el teléfono y las llaves del auto.

El teléfono es un modelo barato, desechable. Se siente tan frágil que pareciera que puedes partirlo por la mitad. Revisas el registro de llamadas y te detienes en las más recientes. La mayor parte de la lista dice *bloqueado*, pero líneas abajo aparece un número. Presionas el botón para llamar.

–¿Qué estás haciendo? –pregunta Iván frunciendo el entrecejo, afligido.

Te alejas de él y te acercas el teléfono al oído. Suena dos veces.

–Bienes Raíces Espósito –dice un hombre.

Tardas un respiro en responder. Son casi las nueve de la noche, quizá más tarde en la Costa Este. Todas las oficinas normales ya deben estar cerradas.

–Tengo a Iván –dices.

–¿Dónde estás?

–¡Cuelga! –grita Iván detrás de ti. Volteas y él trata de soltarse las manos, con gesto de desesperación–. ¡Ellos saben que estoy aquí!

Miras la pantalla, los números contando el tiempo. Sin pensarlo, oprimes el botón *end* y dejas que el teléfono se apague.

–¡No debiste llamarlos! –grita Iván. Intenta ponerse de pie, pero lucha con el terreno desparejo y con sus manos, atadas por la espalda–. Ahora saben que estás enterada. Vendrán aquí… van a matarnos a los dos –dirige la mirada al estacionamiento que está abajo–. Tenemos que irnos. Llegarán pronto.

Empieza a avanzar delante de ti. Con gran esfuerzo, intenta correr. Arquea los hombros hacia adelante y empuja con los brazos, pero agacha la cabeza y tropieza.

Te quedas parada mirando la parte baja del parque. El bosque está oscuro. Al principio apenas se puede ver. Las luces iluminan algunos de los senderos estrechos; los árboles y los matorrales te bloquean la vista. Pero entonces ves el destello de los faros. El Mercedes negro llega al estacionamiento. Se detiene justo al lado del auto vacío de Iván.

–¡Son ellos! –grita Iván–. ¡Deja los dos teléfonos! ¡Ese tiene GPS!

Camino arriba, a tu derecha, hay un risco. Arrojas los teléfonos a los arbustos y corres, sabiendo que si puedes llegar ahí, cortarás camino hasta el observatorio. Allí hay más autos, más gente.

Ya casi llegas cuando te vuelves a ver a Iván, una silueta encogida cerca del borde del barranco. Se arrodilla en la tierra, se retuerce, luchando contra los cinchos de plástico, tratando de soltarse. Casi lo has dejado atrás, en la parte baja del camino, cuando te detienes. ¿Cómo puedes dejarlo así? Si lo que dijo es verdad, ¿cómo puedes marcharte, sabiendo que lo asesinarán?

–Por favor –dice–. No tengo oportunidad.

Está mirando el auto allá abajo. Dos hombres han descendido de él. Abren las puertas del auto de Iván, luego la cajuela, lo revisan.

Tomas la navaja de tu cinturón, avanzas hacia el hombre y cortas la tira de plástico que sujeta sus muñecas. Él aprieta los puños y luego los abre, tratando de hacer que la sangre vuelva a sus dedos. Cuando te mira, sus ojos están llorosos.

Los dos echan a correr en direcciones distintas. Las rocas son más difíciles de escalar en la oscuridad. Mientras te aferras a la pendiente que está frente a ti, clavando los dedos de los pies en la tierra, alcanzas a ver a Iván por el rabillo del ojo. Corre por uno de los senderos laterales, lejos del localizador, serpenteando hasta encontrar otro camino. Él no conoce esta parte del parque como tú. Él no ha estado aquí antes.

Quieres gritarle y advertirle, pero ya desapareció del otro lado de la curva. Está regresando hacia el estacionamiento y se dirige hacia uno de los dos hombres.

Escalas más rápido por la ladera escarpada. Tus palmas están agrietadas y sangran, y solo puedes ver los asideros arriba, ocasionalmente un punto de apoyo abajo. Cuando finalmente llegas a lo más alto, el sendero desemboca en otro camino, que conduce de vuelta al planetario. En ese momento miras abajo.

Linternas cortan la oscuridad, mostrando dónde está cada uno de los dos hombres. Uno ya encontró el localizador. El otro espera en el estacionamiento. Hay un grito fuerte pero apagado. Luego la linterna cae. Una figura corre más allá de los árboles.

–Lo encontré –llama al otro hombre–. Aquí está.

Desde lo alto no puedes ver el rostro del otro sujeto. Lleva una gorra de beisbolista negra que oculta sus ojos. Se arrodilla en la tierra. Escarba debajo de la roca hasta que encuentra el localizador metálico.

Le da vueltas en la mano mientras escudriña el risco.

CAPÍTULO DIECISIETE

TODO ESTÁ EN sombras. La linterna recorre la barranca buscándote. Cuando la luz pasa junto a ti, te pegas al tronco. El haz se detiene en unos arbustos a diez metros. Luego desaparece. Oyes pasos que se alejan. Cuando no hay más que silencio, te mueves por fin.

La arboleda se siente segura. Parece como si tu cuerpo supiera exactamente cómo sortear el terreno, evitar las raíces, agacharse con las ramas bajas. Tomas un sendero empinado oculto del lado exterior del precipicio, sin dejar los arbustos próximos al extremo del estacionamiento. Está vacío, salvo por dos coches. La luz interior del Mercedes está prendida; la puerta, abierta.

El hombre de la gorra vuelve al auto sacudiendo la cabeza.

—Se fue. Ni rastro de las llaves. Tendremos que regresar por el auto.

Se sube al asiento del copiloto. Iván está sentado justo detrás, la mandíbula hundida, los hombros caídos hacia adelante. Se enjuga el sudor de la frente, y por primera vez observas que tiene las manos atadas con una soga.

Los faros parpadean, el motor se enciende. El auto arranca y te das cuenta de todo lo que se va con ellos: toda posibilidad de saber, toda oportunidad para la verdad. Aprietas las llaves en tu bolsillo. Tienes que seguirlos. En cuanto el Mercedes sale del estacionamiento, corres detrás sin detenerte hasta que te instalas en el asiento delantero del coche de Iván.

Dentro del auto huele a blanqueador. La guantera está abierta, la vaciaron. No hay nada en el suelo ni en el asiento del copiloto. Te tardas unos segundos en averiguar qué llave es la de encendido, pero cuando lo haces, tus movimientos se vuelven automáticos; tu pie se apoya en el freno y tu mano pone el auto en marcha. No enciendes los faros, sino que desciendes por la pendiente, casi sin consumir gasolina.

Te quedas muy atrás, esperando a que se pierdan de vista, para tomar la curva a la derecha, detrás del Mercedes. Aparte de algunos autos, la calle está vacía. Sigues a una camioneta que anda lentamente por el carril de la derecha, te mueves cuando avanza y te mantienes a buena distancia.

El camino se extiende dos o tres kilómetros, y el Mercedes desaparece varios minutos. Haces una lista mental de los sitios por los que pasas (el restaurante de comida tailandesa con la flor de loto en el letrero, el motel gris y rosa, el paso a desnivel y las dos gasolineras, una a cada lado). Dices en voz alta los nombres de los cruceros y los repites al pasar bajo las señales, con la esperanza de tener un registro mental de hacia dónde te diriges. "Western, Gower, Highland, La Brea." Cuando el camino se eleva, vuelves a ver el auto negro. Dobla a la izquierda para dirigirse a una edificación baja con varias ventanas tapiadas.

Casi en cuanto dobla se estaciona del lado derecho de la calle. Continúas hasta el siguiente semáforo y bordeas la manzana para llegar a la casa desde la otra dirección. En cosa de un minuto llegas a la calle desde la esquina opuesta. Las luces todavía están apagadas, y te detienes cuando el auto aparece ante tu vista.

Desde donde te estacionaste, apenas alcanzas a ver el Mercedes al frente. Los hombres no se percatan de tu presencia. Están muy ocupados sacando a Iván del asiento trasero.

Cuando desaparecen en el interior de la casa, tomas un atajo por los patios de los vecinos. Parte de la casa está cubierta con una lona. Saltas la alambrada y das un rodeo por el patio de cemento.

Mientras recorres la parte trasera, ves una sola ventana iluminada. Está tan sucia que tienes que limpiar la mugre de un espacio para poder ver dentro. Ahí está Iván, con los dos hombres. La casa está casi vacía, el recibidor lleno de materiales de construcción, como escaleras y lonas que llevan el logotipo de Parrillo Construction. El comedor está equipado con varias mesas. Todas las superficies están cubiertas con papel. Junto a la puerta se apilan archiveros de cartón. En una pared se extiende un mapa de Los Angeles, tachonado de alfileres rojos. Otra pared está cubierta con una docena de fotos. Desde el ángulo en que te encuentras solo alcanzas a ver unas tres: un halcón, una cobra, un tiburón. Están marcadas con el nombre de ciudades: Nueva York, Los Angeles, Miami. Tratas de tener una mejor vista, pero la única otra ventana está en el segundo piso, demasiado alta como para alcanzarla.

El hombre de la gorra negra se apoya en una de las mesas con los ojos puestos en Iván.

—Me enteré de que has tenido unos días ajetreados.

Iván se aferra a la soga que tiene alrededor de las muñecas y la mueve con dedos nerviosos.

–Ya les dije todo lo que sé sobre el asesinato. Vi que la chica le disparaba y huía. Me deshice del cadáver. Eso es todo.

–Lo que no me imagino es qué hacías ahí cuando sucedió –continúa diciendo el hombre–. Es una coincidencia rara que hayas ido a verificar el aparato de seguimiento cuando la mataron. Supongo que fue buena suerte para nosotros.

Iván calla y asiente con la cabeza, sabe que todavía no llega su turno de hablar. La piel se le ve grasosa por el sudor. Hay círculos húmedos bajo sus brazos. El hombre lanza una mirada de soslayo a su amigo, como para medir la reacción de Iván.

–Pero no es todo: nos das su ubicación, te apareces ahí y recibimos una llamada de la chica en tu teléfono. ¿Qué es lo que tenemos que entender? Es decir, no tienes ni un mes trabajando con nosotros y ya creaste un desastre.

–"Desastre" se queda corto –dice el otro hombre.

Se produce una larga pausa. Al cabo, Iván habla:

–No fue mi culpa. Ella sabía que me presentaría, así que dejó el aparato unos días y se puso a esperarme. Quería saber sobre las oficinas y lo que pasó ahí. Me preguntó sobre la mujer que la perseguía, pero les juro que no le dije nada.

Su voz suena tirante, sus palabras son apresuradas. Mira a los hombres. Un hilillo de sudor escurre por un lado de su cara.

El hombre de la gorra negra asiente al escucharlo. Luego avanza. Se inclina de modo que su rostro queda a la misma altura que el de Iván. Está a pocos centímetros; tan cerca, que se siente como una amenaza.

–Cuéntanos qué le dijiste exactamente. Quiero saber cada palabra.

—No le dije nada... —Iván escudriña el lugar mientras habla, en busca de los otros hombres. Su voz es cada vez más presa del pánico—. Ya lo sabía todo: sobre el aparato de rastreo, sobre el montaje. Lo sabía todo.

—¿Sabía algo sobre la isla? —pregunta.

—¿Qué isla? —replica Iván, confundido.

El hombre pregunta en forma tan casual, que dudas de haber oído bien. No hay modo de saber en dónde está el bosque de tus sueños, pero te pones a pensar. Los exuberantes árboles tropicales, las enredaderas y la maleza. El aire se sentía pesado y húmedo. ¿Era una isla? ¿Cuánto tiempo estuviste ahí? ¿El muchacho del sueño es real? Si es real, ¿todavía está en algún sitio?

—Última oportunidad. ¿No tienes nada más que decir acerca de lo que le pasó a la clienta? —pregunta el hombre—. ¿Nada que confesar? Otros clientes nos están preguntando. Les dijimos que fue la chica, que se trató de un accidente desgraciado que esperamos evitar en el futuro. Pero ella nunca había matado a nadie. Ellos no lo saben, pero nosotros, sí.

Agazapada contra la ventana, tratas de encontrar el sentido a lo que dicen; cómo es que te vigilan solo en ciertos momentos, por qué querían matarte. ¿Quiénes son sus clientes? ¿La mujer que te perseguía era clienta? ¿Y qué significa que nunca hubieras matado a nadie? ¿Cómo lo saben?

—Les digo la verdad —suplica Iván—. Les juro que no le dije...

El primer golpe viene del otro hombre. Había estado tan callado que casi habías dejado de notarlo, pero golpea a Iván en un lado de la cara, debajo del ojo. Él se dobla y levanta las manos para cubrirse la mejilla, pero el hombre avanza y lo golpea de nuevo.

El puño del hombre está lleno de sangre. Haces un gesto de dolor al ver a Iván; qué pequeño parece en el suelo, enroscado sobre sí mismo. El hombre lo patea en las costillas. Luego toma la cuerda que ata sus manos y la estira para que se levante.

Iván sangra por la nariz, tiene la mejilla hinchada y un corte debajo del ojo derecho. El hombre de la gorra interviene de nuevo y se agacha para hablar.

–¿A dónde se fue después del parque? ¿Está ahí todavía?

–Se fue hacia el sur –dice Iván. La última vez que lo viste ibas rumbo al norte, por el sendero, no hay manera de equivocarse. Miente por ti. Trata de ayudarte a escapar.

–Iba hacia Hollywood, creo; o quizá de regreso a la estación de camiones. No sé. Nada más lanzó el teléfono y corrió.

–Solo tenemos dos ubicaciones de ella: la camionera y el parque. ¿En dónde estuvo estos días? Dínoslo y nos detendremos.

Sientes todo el cuerpo rígido; te atemoriza lo que vaya a decir. ¿Verificó el aparato de rastreo cuando estabas en la casa de Ben? Te imaginas a Ben ahí, solo, cuando el coche se detenga afuera. Te lo imaginas viendo a los dos hombres en el porche. Fue una tontería pensar que de alguna manera ibas a poder protegerlo de ellos.

Aferras las llaves en tu mano. Podrías llegar al auto en menos de un minuto. Estarías en casa de Ben en menos de veinte. Tratarías de llegar primero.

Pero Iván repite su historia, con voz baja y plana.

–No sé. No anoté todas las ubicaciones, se los dije... Estaba en las cercanías cuando vi en el aparato que ella iba en la carretera, y fui a vigilarla. Vi que le disparaba a la mujer, corrí y limpié todo, como me dijeron. Luego se fue al parque y ahí ha estado desde entonces.

El aparato de rastreo no se movió en días. Por eso fui allá, lo juro. No trato de ayudarla.

Los siguientes golpes fueron más fuertes. El hombre suelta la mano de Iván y lo golpea en rápida sucesión. Iván intenta protegerse el rostro, pero ya escurre la sangre entre los dedos. Continúa hasta que el hombre de la gorra negra levanta la mano como para decir "Basta".

–No confío en ti –dice el hombre de la gorra–. Y si no puedo confiar en ti, no me sirves.

El otro hombre toma las manos de Iván y lo arrastra al frente de la casa. Detrás viene el hombre de la gorra de béisbol. Te pegas a un lado del edificio y te agachas para que no te vean.

Iván dispuso del aparato de rastreo todo el tiempo. Debe haber sabido que estabas con Ben. Tenía toda la información: el motel en el que te quedaste, la cena, la playa. Decidió protegerte. ¿Qué le va a pasar ahora?

Oyes que la puerta se abre y se cierra, y sus pisadas cuando dan la vuelta frente a la casa. Se suben al coche. El motor arranca. No sabes a dónde se lo llevan, pero no puedes dejar que le hagan nada; no después de lo que hizo por ti.

El coche avanza. Cuentas hasta treinta y no te mueves hasta que te cercioras de que el final de la calle está despejado. Entonces, saltas la valla, corres a través de los patios vecinos y no te detienes hasta que estás en el auto de Iván. Arrancas para seguir al Mercedes. Pasas la primera esquina y la siguiente, escudriñando las calles laterales en busca de su rastro, pero no hay más que un taxi solitario y los letreros de neón de las plazas comerciales.

Se fueron.

CAPÍTULO DIECIOCHO

SUBES POR EL sendero y buscas tu mochila en la ladera oscura. Fue arriesgado volver al parque, pero sin esa bolsa no tienes nada. Verificaste una y otra vez tu ruta, tomaste una de las veredas superiores paras asegurarte de que no te siguieran. Te estacionaste a varias manzanas de la entrada. Ahora serpenteas hasta ese lugar detrás de los arbustos y sacas la mochila. La lata de gas está vacía. La navaja cayó en algún lugar de la barranca cuando escapabas, pero no puedes hallarla en la oscuridad.

Vuelves al auto y subes, escuchando el sonido de tu respiración. El reloj marca las 9:38 p.m. Sacas la libreta de tu bolsillo trasero y escribes:

-La mujer que trató de matarme era clienta de algún tipo de organización.
-Iván conoció a esta gente por medio de un hombre para el que hacía trabajos.
Los involucrados:
    -hombre delgado con gorra de béisbol negra, barba de unos cuantos días, 1.90-1.95.

–hombre regordete, menos alto (¿1.75?).

–La casa que usaban de oficina estaba a un lado del Hollywood Boulevard.

–Un mapa y tres fotos en la pared: un halcón, una cobra y un tiburón (¿nombres en clave? ¿Tienen que ver con mi tatuaje?).

–Los hombres hicieron referencia a una isla.

Cuando cierras los ojos, no puedes visualizar al hombre de la gorra negra, no puedes recordar sus rasgos. La imagen del otro es aún más difusa. Tal vez llevaba una camisa azul, o quizás era negra. Saliste tan rápido que no observaste el nombre exacto de la calle. Tampoco viste el número de la casa y el Mercedes no tenía placas. Pero lo que dijeron… esas palabras permanecen claras… *¿Ella supo de la isla?*

Mientras guardas la libreta, observas un pequeño pedazo de papel en la consola central del auto, justo debajo del freno de mano. La giras. Es una foto de Iván y su hija, de no más de catorce años. Ambos tienen los mismos ojos azules, la misma quijada y nariz larga y angulosa. El brazo de Iván rodea los hombros de la chica. Cuando sonríe parece una persona distinta. Con solo mirarlo tu cuerpo se enfría y sientes una opresión alrededor de tu corazón. ¿A dónde se lo llevaron? ¿Qué va a pasarle?

Enciendes el motor y conduces, pensando en tu siguiente movimiento. Necesitas deshacerte del auto en alguna parte, ¿y luego qué? Es demasiado arriesgado volver a su oficina, aún cuando pudieras encontrarla en la oscuridad. No sabes si es seguro ir con Ben: el hombre parecía tener información limitada acerca de los lugares donde habías estado, e Iván no les dijo nada, pero no estás segura. Escuchas el ruido monótono del aire que pasa a través de los ductos, pensando en las palabras de Iván. ¿Por qué te colocaron un localizador y después solo preguntaron dos veces por tu ubicación?

Conduces quince minutos. El tránsito en Venice Boulevard es interminable, los autos avanzan con lentitud, desaceleran, se detienen. De pronto te deslumbra un destello en el espejo retrovisor. Un auto negro está justo detrás de ti. Cambias de carril. Te sigue. Te mueves de nuevo y hace lo mismo. Miras cómo cambia el odómetro, marcando los kilómetros. El auto sigue visible en tu espejo retrovisor, aunque has cambiado de carril varias veces, aunque has cambiado de ruta, tratando de perderlo. ¿Te ha seguido desde el parque?

Quizá no sea nada, probablemente alguien ansioso intentando llegar a casa, pero necesitas estar segura. Adelante hay una gasolinera junto a algunos restaurantes de comida rápida. Te detienes en el estacionamiento y esperas un minuto antes de salir del auto. Tomas la mochila, metes la fotografía en tu bolsillo y entras.

El aire apesta a pollo frito. Unas cuantas personas hacen fila en la máquina despachadora de bebidas. Otros están inclinados en sus mesas, engullendo las últimas papas fritas y aros de cebolla. Hay cámaras de seguridad en la entrada. Te alejas de ellas, mantienes la vista baja y te diriges al baño.

Hay ocho retretes y pasas frente a cada uno, empujando las puertas para asegurarte de que no haya nadie dentro. Abres el grifo del agua y la dejas correr hasta que está fría y agradable. Se siente bien en tu cara, una descarga fresca que te despierta. Al mirarte en el espejo empiezas a sentirte normal de nuevo.

Entras en el último gabinete, te quitas la camiseta y la volteas para ocultar el logotipo. Te trenzas el cabello de lado, asegurándote de que cubra tu cicatriz. La cámara de seguridad ya te captó una vez. Ahora saldrás por el otro lado, cortando por la puerta lateral, de modo que no haya una imagen clara del momento en que te vas.

Estás a punto de salir cuando alguien entra en el baño. A través del hueco de la puerta del gabinete ves a un hombre de sombrero y gafas oscuras. Gira el cerrojo, dejándote atrapada. Lleva una pistola.

De inmediato levantas los pies y los apoyas en la cubierta del retrete, tratando de ocultarte lo mejor que puedes.

Él se detiene, mirando la hilera de gabinetes. Viste una camiseta gris y te sorprende que sea tan ordinario, tan normal. Contienes el aliento. Buscas la navaja en tu cintura, olvidando que no está.

Él se mueve lenta, metódicamente. Su palma se apoya en la primera puerta, luego la empuja. Va a la siguiente y hace lo mismo. Solo faltan dos, y sabes que pronto estará aquí, frente a ti.

No hay escapatoria. No hay ductos de ventilación arriba, no hay forma de deslizarse por el piso del gabinete sin ser vista. Mantienes una mano sobre la puerta, preparándote, esperando.

Sus pisadas apenas se escuchan. Puedes ver sus botas: la piel negra lustrosa que refleja la luz a medida que se aproxima a ti. Tomas aire una vez, y luego otra, preparándote para pelear.

–¿Por qué está cerrado? ¿Quién está ahí? –dice una voz.

Alguien golpea la puerta, el pestillo traquetea.

El hombre se da vuelta, clava la vista en la puerta del baño para ver si se abre. Puedes observar el pestillo que gira, a punto de liberar el cerrojo. El hombre se abalanza al último gabinete. Casi llega a ti cuando la puerta del baño se abre de golpe.

Un hombre de overol gris entra, y una anciana detrás de él.

—¿Qué demonios pasa aquí? —pregunta mirando al hombre del sombrero. La pistola ha desaparecido en su espalda. Es tu oportunidad. Abres el cerrojo y sales del gabinete.

—Él me siguió —dices, fingiendo enjugarte las lágrimas—. Cerró y no me dejaba salir.

No esperas a escuchar la respuesta del conserje. Ni siquiera te detienes para mirar la cara del hombre.

Solo corres.

CAPÍTULO DIECINUEVE

DESPUÉS DE VEINTE minutos, sientes que tus brazos palpitan, el corazón estable en tu pecho; finalmente dejas de correr y caminas. El hombre no te siguió fuera del restaurante. Es probable que lo hayan entretenido con preguntas que debía responder... quizás hayan llamado a la policía. No podías arriesgarte y quedarte a ver. Corriste lo que te permitieron las piernas, para asegurarte de perderlo.

Le das vueltas mentalmente a todo. El hombre te seguía, venía tras de ti desde hacía kilómetros, probablemente desde el parque. ¿Quién es? ¿Qué relación tiene con los hombres que interrogaron a Iván? Estás segura de que no era ninguno de los dos. Este tipo era atlético y de hombros anchos, más alto que uno, pero más bajo que el otro. No habías visto su auto. En lugar de placas tenía un anuncio brillante de la agencia de BMW en Calabasas.

Iván dijo que pidieron tu ubicación dos veces. La primera fue en la estación de autobuses; la segunda, en el parque. El hombre, como la mujer, te acechó y trató de matarte. Pero ¿por qué? ¿Qué tenían en común? ¿Qué significas para ellos?

Estás tan sumergida en tus pensamientos que casi sigues de largo. Ahí estás, bajo la marquesina que reza LICORERÍA, y miras fijamente en la vitrina una botella verde llena de un líquido oscuro. Es la etiqueta lo que te llamó la atención. Tiene algo escrito, y arriba, un ciervo astado con una cruz en el centro de los cuernos.

Es la misma imagen que tenía el medallón de la mujer.

Abres la puerta y buscas al empleado; en el último instante te acuerdas de sonreír. Él levanta la vista y te devuelve la sonrisa. Tiene más de treinta y cinco, lleva gruesos anteojos negros y una camiseta de coleccionista. Tiene abierta su computadora portátil. Da la impresión de que pasa la mayor parte de su tiempo detrás de ese mostrador.

–Esa botella –dices, señalando la que está en la vitrina–, ¿qué es?

–Mi cordura –dice con una mueca. Tú te acuerdas de reír un segundo demasiado tarde.

–La *Jägermeister* –aclaras después de leer el nombre–. ¿Sabe algo acerca de la etiqueta, qué representa ese símbolo?

–Por fin, una pregunta de verdad –dice con una sonrisa.

Hace una búsqueda rápida y gira la computadora hacia ti para que puedas leer. Le echas una ojeada. "Las botellas ostentan una cruz cristiana resplandeciente en medio de las astas de un venado. Esta imagen es una referencia a los dos patrones de los cazadores, San Huberto y San Eustaquio".

Alzas la vista y asientes con la cabeza, pero todo tu cuerpo se agita. Consigues articular un breve "gracias" mientras te diriges hacia la puerta. Él no deja de sonreír y aún te pregunta si quieres la botella, que te ofrece con un curioso "descuento para clientes". Pero tus pulmones están rígidos, tu respiración es tan superficial que te duelen.

Caminas deprisa, con la esperanza de que el movimiento te apacigüe. Es extraño que quisieran claves sobre dónde estabas o dónde ibas a estar, pero que no dispusieran todo el tiempo del aparato de rastreo. Así sería más difícil localizarte... más difícil *cazarte*.

El hombre y la mujer no te conocen ni tienen motivos para querer matarte. Son cazadores, tú eres la presa. Eres un blanco de su elaborado juego.

Te sientas percibiendo que tu estómago se tuerce y se tensa. Repasas todo lo que te ha sucedido desde que te despertaste. Cómo los hombres se referían a sus "clientes". Cómo la mujer te siguió debajo de la vía elevada, esperando a que estuvieras sola en el callejón para tratar de matarte.

Iván decía la verdad. Él estaba involucrado, pero no quería que murieras. Te seguía la pista para ellos. Se aprovechó del robo para alejarte de la policía. Preparó los contactos dos veces: primero, entre tú y la mujer, y luego les dio tu ubicación en el parque. El hombre debe haberte seguido desde ahí. Va tras tus pasos... todavía te está cazando.

Sacas la foto de Iván de tu bolsillo trasero y deseas que esté vivo, que sea factible que lo tengan en algún lugar.

Pasan unos minutos de silencio. Al cabo, levantas la cabeza. Del otro lado de la calle hay una patrulla en un estacionamiento, con las luces apagadas. El agente no te ve. Mientras caminas hacia él, te sacudes el polvo de las rodillas y te acomodas el pelo, a sabiendas de que no tiene caso. Te ves como te sientes: extenuada, apaleada, medio muerta.

Conservas la foto en la mano y recorres con el dedo la superficie lisa del papel. Cuando llegas casi al borde del estacionamiento, el policía alza la vista. Te mira fijamente y entorna los ojos, como si no estuviera muy seguro de lo que ve. Entonces tú agitas el brazo hacia él.

–¡Por aquí! –dices, pero tu voz suena tan diferente ahora. Baja y cascada. Apenas un susurro–. Por favor, necesito ayuda.

CAPÍTULO VEINTE

–FUE POR LA tarde –dices–. No sé exactamente a qué hora desperté, pero ya no había luz cuando salí de la estación.

–El reporte de la estación del metro dice que fue justo antes de las 3 p.m.

El detective de la policía tiene barba y bigote canos. Por el aspecto que luce, con su camisa verde lisa y sus pantalones grises, podría ser el abuelo de alguien. No ha habido golpes sobre la mesa. Ni siquiera ha alzado la voz.

En cambio, hace preguntas pausadas, específicas. Así ha sido por horas. Anota todo lo que dices en un bloc de hojas amarillas. Sigue garrapateando cosas, dando vuelta a la hoja y anotando más. Hay una cámara en la esquina y puedes sentir que ellos observan, que en algún lugar hay varios agentes de pie, esperando escuchar más acerca de la chica y del robo a la oficina en el centro de la ciudad.

–Espero que tengamos más respuestas después de que te internen en el hospital, pero por lo que entiendo, no has tenido ningún recuerdo, ninguna remembranza que pudiera ser anterior al momento en que despertaste.

–Hay algunas cosas… No sé qué son. No sé si significan algo.

–¿Qué cosas?

–Un funeral. Tuve recuerdos de eso... Fueron solo unos segundos.

–¿El funeral de quién?

–No lo sé, de verdad. Solo pasaba delante de un ataúd y sentí como si alguien que yo conocía hubiera muerto. Es todo. Fue apenas un detalle.

El hombre asiente. Ellos se llevaron tu mochila cuando llegaste y no te la han devuelto. Has repasado mentalmente su contenido, esperando que todo sustente tu historia, que todo, al final, tenga una explicación. Les has dicho acerca de tu pérdida de memoria, de Iván y de la forma en que te tendieron una trampa, el robo que él simuló en el centro de la ciudad, la mujer a la que mató. Los hombres, la casa, que se llevaron a Iván a alguna parte. Cada vez que ellos preguntaban por qué, de qué se trataba todo eso, dudaste. Puedes sentir las palabras en tus labios... *me están cazando,* pero no logras decirlas. No quieres que desechen todo lo que les has dicho. Necesitas que te crean, que te escuchen.

–¿Y el hombre, el que dijo llamarse Iván? ¿Tuviste recuerdos de él o de la mujer a la que mató?

–No –contestas–. Ninguno. ¿Hallaron algo acerca de su auto? ¿Estaba donde lo dejé?

–Sí, un oficial lo encontró hace una hora. No había nada dentro.

–¿No pueden investigarlo?

–El número de serie fue borrado. Estaba completamente limpio: nada en las puertas, el motor o en el volante. Pensamos que fue robado hace algún tiempo. Están analizando la cajuela, pero aún no hay nada.

Acomoda algunos papeles, como si se dispusiera a irse. Respiras hondo. Sabes que es el momento, que necesitas decírselo ahora.

–Hay algo más –entrelazas tus manos con fuerza, impidiendo que la sangre fluya a los dedos–. Los hombres que estaban en la casa, los que se llevaron a Iván… él trabajaba para ellos, y él estaba siguiendo el localizador, pero creo que hay más. Creo que todo es parte de un juego

–¿Un juego? ¿Qué quieres decir? –el hombre deja de escribir y te mira fijamente.

–La mujer a la que le dispararon… antes de morir, trató de matarme. Y no podía entender por qué me estaba siguiendo. Pero después de que salí del parque, otro hombre vino tras de mí, alguien a quien nunca había visto. También tenía una pistola. Me acorraló en un baño, pero logré escapar.

–¿Y tú crees que estaban jugando? –el hombre casi ríe al decirlo.

–Sé cómo suena –dices–. Pero en este momento es lo único que tiene sentido para mí. Iván no sabía qué estaba pasando realmente, y en cuanto empezó a entenderlo y trató de ayudarme, ellos se volvieron en su contra. Sé que me tendió una trampa, pero él corre tanto peligro como yo. Adonde lo hayan llevado, sin importar lo que haya hecho, también necesita ayuda

–Vamos a intentarlo –dice el hombre–, pero explícame esto: ¿por qué esta gente se metería en tantos problemas por un juego?

–No es un juego… es una cacería. Creo que me están cazando.

–¿Cazándote? Ya no entiendo.

–Por favor, escuche… –tratas de mantener la voz firme, pero tu garganta está tensa. No puedes parecer insegura. No puedes parecer desesperada–. Creo que soy un blanco. Como… una presa.

Me parece que me dejaron en el centro de Los Angeles y que me tendieron una trampa para que no pudiera ir a la policía, ni siquiera después de que una mujer me persiguió con una pistola. Pienso que Iván me siguió y le dio mi ubicación a los dos cazadores, primero a la mujer y luego al que me buscó hoy. No tenía que matar a la mujer; no era parte del plan. Cuando ella trató de asesinarme, él entendió de qué se trataba el juego. Intentó detenerlo.

El detective guarda silencio. Tú sientes como si el aire se hubiera acabado en la habitación. Vuelve a tomar el bolígrafo y garabatea unas líneas que no puedes descifrar.

Continúas describiendo todo: el medallón de la mujer, el hombre que te persiguió, el mapa y los símbolos en la pared de la casa. Mencionas la isla, aunque es imposible estar segura de lo que significa. Los hombres hicieron referencia a sus clientes y ahora tiene sentido el servicio que ofrecen. Ellos cobran a la gente por el derecho a participar en el juego de más alto riesgo.

El detective lo escribe, interrumpiendo ocasionalmente con preguntas o para precisar algún punto. Pierdes la noción del tiempo, pero continúas, no quieres omitir nada. Finalmente sacas la libreta de tu bolsillo trasero y vas pasando las hojas para mostrarle los detalles que has anotado. Tú sabes cómo debe sonar todo eso a alguien ajeno. Pero ahora no importa. La verdad es lo único que te queda.

El detective está escribiendo algunas notas finales cuando entra una mujer. Coloca dos pedazos de papel al otro lado del escritorio, donde no puedes verlos. Señala algo que ella escribió ahí, y luego se va. Ni siquiera te mira.

El detective (¿cuál era su apellido? ¿Powers? ¿Paulson?) revisa la nota, la voltea.

–Gracias por ser tan minuciosa. ¿Hay algo más que quieras agregar antes de que terminemos?

Las paredes de la habitación están forradas con alguna especie de aislante de sonido. De pronto, te sientes encerrada, acorralada.

Se sintió bien decir todo en voz alta, como si ello confirmara que realmente sucedió. Y has hecho tu mejor esfuerzo por incluirlo todo –absolutamente todo–, pero ahora estás convencida de que te faltó algo, de que en ese pedazo de papel hay un detalle en particular que no has compartido, y él te está poniendo a prueba.

–Creo que eso es todo.

Se guarda uno de los trozos de papel en el bolsillo y empuja el otro hacia ti. *Ben,* dice. Y el número. Es el recibo del día en que se conocieron.

–¿Quién es Ben? Nunca lo mencionaste.

Intentas controlar tu expresión, evitar que la súbita inhalación te delate.

–No lo mencioné… porque no lo conozco.

–¿No conoces a esta persona? ¿Entonces, por qué tienes su número?

Es posible que ya lo hayan llamado. Pero tratas de minimizar el riesgo. No son siquiera las seis de la mañana y dudas que esté despierto, aunque no es imposible. Podría haber pensado que eras tú quien llamaba. Pudo haber contestado solo por curiosidad.

–Es solo un chico que conocí en el supermercado. Estaba tratando de seducirme.

–¿Por qué conservaste su número?

–No me di cuenta…

Contienes la respiración. Sabes que no es toda la verdad si no incluye a Ben, pero nadie, ni siquiera la policía, puede saber que él te ha ayudado. Debe permanecer apartado de todo lo demás. La noche en la playa... la fiesta... ese beso. Debes mantener todo eso lejos de esta noche, de Iván y de los hombres en la estación de policía, de esta habitación agobiante con luces que parpadean.

–Espero que sea verdad, porque vamos a llamarlo...

–No estoy mintiendo.

Cuando tus ojos se encuentran con los suyos, sabes que lo estás perdiendo. Su rostro revela las horas que has estado en esta habitación, la historia que contaste. Lo absurdo de tus afirmaciones. Le dijiste que en medio de una ciudad bulliciosa, varias personas te estaban cazando, como a una presa, a veces a plena luz del día.

¿Puedes culparlo por dudar? Si alguien te contara esta historia, ¿le creerías?

Pero ahora lo necesitas –que te crea, que te proteja, que encuentre a Iván– y él está mirando a la esquina de la habitación, donde se halla la cámara. ¿Piensan que estás mintiendo? ¿Qué decía la nota de la mujer?

–Sé que parece una locura, y yo siento que estoy enloqueciendo –dices–. Pero no habría venido aquí si no estuviera desesperada. Ustedes tomaron mis huellas digitales, y yo iré al hospital y dejaré que me hagan todos los estudios que quieran. Puede volver a interrogarme, pero necesito que me ayude. No sé cómo me metí en esto, pero estoy atrapada. No puedo escapar.

El detective reúne los papeles, da media vuelta y se dirige a la puerta.

–Ahora vuelvo. Espera aquí.

La puerta se cierra detrás de él, y estás sola de nuevo. Guardas la libreta en tu bolsillo. Piensas en Ben, en el recibo, tratando de calcular cuánto tiempo pasará antes de que consigas un teléfono para llamarlo. Él debe decirles la misma historia que tú. Tiene que explicar por qué tenías su número.

En la esquina, la cámara de seguridad sigue vigilándote, y cuando han transcurrido diez minutos, y luego diez más, te sientes ansiosa. No te habían dejado sola tanto tiempo desde que llegaste. Te levantas y caminas de un lado a otro de la pequeña habitación, preguntándote si eso te hace parecer culpable. *Está inquieta*, dicen. *Está nerviosa.*

Les estás pidiendo que crean que no hiciste algo que el video muestra que hiciste. Les pides que crean que alguien allá fuera, un grupo de personas, está cazando seres humanos por deporte. A ti, y posiblemente a otros. Además —apenas acabas de darte cuenta—, llegaste después de que viste morir a una mujer y de ser perseguida por un hombre armado. Escuchas la voz del detective: *¿Por qué no acudiste antes a nosotros?*

Porque estabas asustada. Porque estabas segura de que te arrestarían, porque ahora, días después, sigue siendo imposible saber si eres culpable. Porque no puedes decirles nada acerca de ti, ni siquiera tu nombre. Tratas de pensar en todas las razones, de comprender, cuando la puerta se abre de nuevo. El detective entra con una agente de policía.

Tiene el cabello recogido en la nuca y los labios con rastros de brillo color borgoña.

Sostiene algo a su lado, justo detrás del detective, donde no alcanzas a ver. Una oleada de pánico sube por tu pecho y te preguntas si había algo más, si te delataste de alguna forma. ¿Van a arrestarte?

Ella coloca un vaso encima de la mesa y lo desliza. Es té. El delgado hilo cuelga por uno de los bordes, despide vapor. Es tan inocuo que casi quieres reír. Luego, el detective te entrega un mapa.

–Ve si puedes mostrarnos dónde está la casa –dice, señalando una sección verde en el mapa con un letrero que dice Parque Griffith–. ¿Sabes en qué dirección ibas cuando llegaste aquí?

La insignia sobre el pecho de la mujer dice ÁLVAREZ. Te da un bolígrafo.

–Fuimos en línea recta –respondes, marcando el papel–. Y los seguí varios kilómetros. Al final llegué al Boulevard Hollywood.

Trazas el camino por el que crees haber salido, pasando por las calles que conoces. Western, Gower, La Brea. Te detienes poco después. Avanzaste más, pero en el mapa todas las calles laterales se ven iguales. Es difícil saber dónde diste la vuelta.

–¿Diste vuelta a la izquierda en este camino?

El bolígrafo se queda suspendido sobre el papel, sin tocarlo, y no estás segura de qué prueba esto. ¿Siguen pensando que eres culpable? ¿Piensan que estás inventando todo?

–No sé. Estaba oscuro y no distinguía las calles transversales. Si viera el lugar donde di vuelta, podría decirle. Estaba después de un motel gris y rosa.

El detective y la agente se miran entre sí, y transcurre un largo rato hasta que la mujer finalmente habla:

–¿Lo reconocerías?

–Definitivamente. Solo tienen que llevarme.

El detective asiente. Es todo lo que necesitabas. La agente no te esposa. No dice nada, solo te indica la puerta con un ademán.

CAPÍTULO VEINTIUNO

–¿Y QUÉ DICES de esta? –pregunta Celia, la agente de policía. No ha de ir a más de quince kilómetros por hora. La patrulla recorre la calle tan lentamente, que parecería que todos los vecinos se dan cuenta. Una mujer canosa y en bata se agacha dentro de una casa para llamar a alguien detrás de una contrapuerta.

–Esta no es la calle... –te inclinas al frente y pegas la cara a centímetros de la reja metálica que te separa del asiento delantero. Cuando la agente abrió la puerta trasera, no pudiste menos que tomarlo como una señal de qué tanto te había creído. "Te creo lo suficiente como para seguir esta pista, pero no tanto como para que te sientes conmigo".

–Pero el restaurante que le dije, el que tiene una flor en el letrero, está un poco más adelante –agregas.

–No parece que sea este.

El aire acondicionado está al máximo, y de todos modos sientes que tu piel se quema.

–Estamos cerca... no puede faltar mucho.

La agente te mira sobre el hombro, con algo amable en la expresión.

–No es que no te crea –dice–, pero si no hay un lugar de los hechos, no tenemos base para proseguir. No encontraron nada en el parque... ni siquiera la navaja.

Señala algunas de las casas a los lados, otro motel, un lote vallado. Sigue señalando como para decir: "¿Qué tal esto? ¿Se te hace conocido? ¿Te acuerdas de este lugar?".

La calle estaba oscura anoche, llevabas los faros apagados y estabas más preocupada por que no te vieran. Solo sabes lo que sabes, pero comienzas a sentir que tienes que dar con algo, que no es posible volver sin alguna prueba.

Su teléfono rompe el silencio. La agente contesta.

–Todavía no –dice–. Cree que estamos cerca.

Siguen varios "síes" y "noes". Te esfuerzas por oír la voz al otro lado de la línea, pero entre la estación de radio y el tránsito es difícil interpretar qué pasa.

–Yo te aviso –dice Celia antes de colgar. Se mete el teléfono en el bolsillo del pecho y se separa de la banqueta. Cuando mira sobre su hombro para incorporarse al tránsito, volteas en la dirección de su mirada. Después de dos carriles de autos, alcanzas a ver una casa amarilla. Está metida en la esquina.

–¡Espere! –dices–. Tome la siguiente calle a la izquierda. Trate de dar la vuelta.

La agente maniobra, pero va tan lentamente como antes. Vuelven a la calle anterior. Una rama baja se extiende sobre la calle, algunas hojas rozan el techo del auto. Al pasar debajo, de pronto todo es conocido.

–Aquí es –afirmas–. Sobre la izquierda.

–¿La que está al final? –pregunta Celia, con voz insegura.

Cuando se acercan, entiendes por qué. La lona todavía cubre la mitad de la casa, pero detrás la fachada está ennegrecida. En la banqueta hay dos carros de bomberos. Algunos bomberos acarrean artículos de la cochera y los ponen fuera, en un montón.

—Es ahí.

La agente se estaciona detrás de la casa, desde donde tienen la vista despejada. Las ventanas del piso inferior están rotas y negras. El fuego está controlado, pero columnas de hollín se extienden por los lados de la casa hasta el segundo piso. Por la puerta atisbas el interior quemado, los muros carcomidos por las llamas. No es coincidencia, no pudo ser casual. Están borrando sus huellas.

Celia abre todas las ventanillas, una tras otra. Luego, apaga el motor. Cuando baja y pone los seguros, te das cuenta de que va a dejarte ahí. Llevas la mano automáticamente a la manija de la puerta, como si intentarlo dos veces pudiera abrirla.

A espaldas de la agente, casi todos los bomberos han entrado en la casa. Uno se queda junto al camión, cargando un tanque en un compartimento superior. Se le acerca y le dice algo que no alcanzas a oír.

—Parece una fiesta —dice el bombero—. Hay un montón de botellas rotas, algunas jeringas. Probablemente unos drogadictos.

Celia se pierde de vista en el interior de la casa. Cuando regresa, está confundida, se le nota en la cara. Da la vuelta mirando la parte trasera de la propiedad para ver lo que tú viste. El lugar es tal como lo describiste al detective. La casa es del mismo color, los barrotes y el techo son iguales. Hasta los mismos muebles de jardín rotos: dos sillas de madera y una mesa podrida amontonados en el patio.

La agente vuelve al auto y se inclina para mirarte. Está a punto de decirte algo, cuando suena su teléfono.

—Acabamos de llegar —contesta—. Es el lugar que describió...

Te das cuenta de que ahora te cree, o por lo menos tú crees que te cree. ¿Por qué te habrías entregado si fuera una mentira? ¿Cómo hubieras podido describir detalladamente la casa sin haber estado ahí? La agente camina rápidamente por el patio de concreto y cada tanto mira el pasaje estrecho que lleva al frente de la casa. Luego, su expresión cambia. Dice más "síes" y más "correcto" antes de devolver el teléfono a su bolsillo.

Abre la puerta del auto. Baja la mano hasta tu muñeca y te sujeta para que te levantes. Te oprime el brazo con tanta fuerza que por un momento te aturde.

—¿Qué hace? —alcanzas a decir—. ¿Qué dijeron?

—Investigaron tus huellas dactilares. Hay una orden de arresto contra ti en San Francisco.

Sientes como si alguien te removiera las entrañas. Tienes que esforzarte por recordar que no mentías, que diga lo que diga la agente, no sabes nada.

—¿El Club Xenith? ¿El incendio que provocaste? ¿Cómo ibas y venías entre reformatorios? ¿Te suena conocido?

—¿Cuándo? ¿Cuándo estuve en San Francisco?

—Muy bien... ahórrame el resto de la mierda —dice. Ahora su voz es fría, extraña, y entiendes que está de vuelta en la comisaría, que ya piensa llevarte y decirles a todos lo tonta que fue al creerte. Te pone de espaldas. Cuando va a tomar las esposas que trae en la cintura, al principio no opones resistencia. Casi te las ha puesto, cuando la empujas y te escurres de sus manos.

Se ve sorprendida. Cuando giras y te diriges al patio vecino, toma su radio. Metes la punta del pie en la alambrada, saltas y caes de golpe del otro lado. Esperas que te persiga, pero cuando volteas, sigue junto a la patrulla. Sigue ahí, con el radio frente a los labios, hablando con alguien en el otro extremo.

CAPÍTULO VEINTIDÓS

CUANDO LA POLICÍA llega a la puerta de Ben, él sigue dormido; el timbre suena abajo, en alguna parte, como una extraña canción distante. Él se retuerce en el sofá, se cubre con la manta hasta el cuello. Mantiene los ojos cerrados, pero ellos tocan varias veces, golpeando la madera con fuerza.

Se levanta. Quitándose las lagañas de los ojos, siente las piernas inestables mientras avanza a tientas por el oscuro sótano. Tropieza con sus zapatos. Conforme se dirige a las escaleras, los golpes en la puerta son cada vez más fuertes y resuenan hasta el fondo del corredor. Sabe que algo anda mal. Se detiene en el vestíbulo, su piel fría y pegajosa, preguntándose si es demasiado tarde para correr.

Echa un vistazo por la mirilla. Dos hombres uniformados le devuelven la mirada. El policía ya ha sacado su placa. La sostiene frente a sus ojos, esperando.

—Policía de Los Angeles —dice.

Escucharon pisadas en el vestíbulo. Los oficiales ya saben que está ahí.

Ben se vuelve hacia el interior de la casa y hace un repaso

de dónde está todo: el medio kilo que tiene en la mesa de centro del sótano, las cajas de plástico y la báscula en su armario. Cuando abre la puerta, finge estar medio dormido, aunque su corazón late aceleradamente y sus manos tiemblan. Está en interiores.

Se frota los ojos de nuevo, se limpia la nariz.

—¿Puedo ayudarles?

Es por su mamá. Saben que ha estado vendiendo marihuana. Lo descubrieron en una cinta de video con Sunny en alguna parte y ahora están aquí, buscándola. No considera la otra posibilidad. No considera que alguien podría haber muerto.

—Buenas... ¿Ben Paxton?

—Sí...

—¿Están tus padres en casa?

—No, mi mamá no está... ¿por qué?

—Quisiéramos hacerte algunas preguntas. ¿Tienes un minuto?

—Sí, claro.

El primer policía es mayor, de cabello negro fijado con gel. Le muestra un pedazo de papel, Ben lo toma, le da vuelta y observa el recibo antes de comprender qué es.

—¿Te resulta conocido?

—Es mi número de teléfono —dice Ben—. Se lo anoté a alguien.

—¿A quién? —el oficial joven es más robusto, con grandes entradas en la cabeza.

Ben no sabe si mentir sobre ella o decirles la verdad. ¿Dónde hallaron esto? ¿Qué es lo que saben? Si tuvieran alguna razón para pensar que ella se ha quedado aquí, él ya estaría en problemas. ¿No estarían pidiendo que los dejara pasar?

—Una chica que conocí en el supermercado.

El oficial le arrebata el recibo a Ben, lo dobla y vuelve a guardarlo en su bolsillo.

—¿Cuándo la conociste?

—Hace como una semana. ¿Por qué?

—¿Te llamó? —pregunta el oficial de más edad.

¿Lo saben? Ben trata de adivinar de dónde lo llamó Sunny... ¿Del motel? ¿Ellos saben que estuvo allí?

—No, nunca llamó. ¿Por qué? ¿Qué pasó?

—Estamos investigando un caso en el que está involucrada.

Ben aguarda, espera que el oficial joven diga algo más, pero no lo hace. *¿Qué caso? ¿Dónde está ella?* Quiere preguntar, pero teme revelar algo.

—¿Ella está bien? —es todo lo que se le ocurre. El oficial hace una pausa, como si estuviera descifrando la pregunta, y Ben siente la necesidad de explicar un poco más—. Cuando la vi parecía algo confundida. Por eso le di mi número.

—¿Confundida? ¿Qué quieres decir?

—Bueno, no sé. Tenía un corte en el brazo.

Suena tan estúpido cuando lo dice en voz alta. ¿Por qué habría de importarle una extraña? Debería dejar de hablar; no debería decir nada más.

—Si sabes algo de ella, nos avisas.

En parte es una pregunta y en parte, una orden.

—Sí, claro. Lo haré.

Teme que puedan preguntar algo más, que entonces quieran entrar, pero esas pocas respuestas simples parecen haberlos apaciguado. El mayor da la vuelta para marcharse, el más joven lo sigue, y murmuran algo entre ellos al bajar por la entrada del frente. Ben los ve subir al auto.

Cierra la puerta con el pestillo. Mantiene la cara frente a la mirilla, con la frente apoyada contra la madera. Siguen sentados en el auto. Se toman unos minutos antes de encender el motor y ponerse en marcha.

No saben nada, se repite Ben. Solo estaban verificando. *Estás bien; todo está bien.* Pero mientras mira a la calle vacía, su respiración sigue siendo superficial. Siente las manos adormecidas. Dos preguntas lo consumen, una seguida de otra:

¿Dónde está? ¿A dónde fue?

CAPÍTULO VEINTITRÉS

CUANDO BEN ABRE la puerta, en el fondo se oye el juego de los Dodgers. Lleva pantalones deportivos y camiseta, el pelo revuelto como si acabara de salir de la cama. A sus espaldas se ven dos chicos en el sofá de la estancia. Están flaquísimos y tienen barba de varios días. Uno tiene la gorra hacia atrás y acné en las mejillas. El otro enrolla un porro. Apenas si alzan la mirada.

Ben cierra los ojos con fuerza, como si le hubieras lanzado agua al rostro. Antes de que digas nada, te aleja de los otros, te mete al comedor y cierra la puerta. Sabes que es mejor que no te vean.

—¿Dónde estabas? ¿Sabes que la policía te busca?

—Siempre me ha buscado.

Ben sacude la cabeza y señala la ventana delantera.

—No. Vinieron aquí. Esta mañana. Vinieron y querían saber si me habías llamado.

—Mierda.

Lanzas un resoplido mientras piensas en el recibo que encontraron en la mochila. Querías advertirle a Ben que podrían buscarlo, pero cuando escapaste de la agente Álvarez, quedaste atrapada en la colina que está sobre Franklin, con las patrullas recorriendo la calle inferior. Te escondiste detrás de algún cobertizo y esperaste a que se despejaran las calles para volver al este. Todo lo que te queda es el cuaderno, la foto doblada de Iván y la camiseta y los pantalones cortos que llevas puestos desde hace días.

–¿Qué les dijiste?

–Que nunca me llamaste. ¿Cuál... era la respuesta correcta? ¿Qué tenía que haberles dicho?

Se acerca a la ventana delantera y se asoma a la calle. No puedes evitar hacer conjeturas. Sabías que lo llamarían, pero es distinto que se hayan presentado a hacer preguntas. Vigilaste la calle antes de acercarte a la casa. ¿Es posible que se te haya escapado un auto estacionado con alguien dentro? ¿Ahora mismo hay alguien fuera, observando?

Ben mira sobre su hombro, escucha a sus amigos en la habitación contigua.

–Lo siento –dices–. No tenía a dónde ir.

Mira tus pantalones cortos desgarrados y tu calzado deportivo, que siguen asquerosos. Un polvo anaranjado te cubre la piel y el pelo.

–¿Dónde estuviste? ¿Qué le pasó a tu mochila?

–La perdí.

Ben se quita el pelo de la frente y sabes que está reflexionando. Toma aire antes de hablar.

–Me abandonaste en la playa. Desperté y no tenía idea de qué te había pasado. Tampoco sabía a dónde te habías ido. ¿Ahora vuelves... porque necesitas un lugar para aterrizar? ¿Es eso?

–No, no es eso.

–Es lo que acabas de decir...

Lo piensas. Ya no hay dinero, ya no hay provisiones. Todo lo que tenías se acabó. Pero no estabas obligada a venir aquí. Caminaste dos kilómetros de más, pasaste el parque y el patio de una escuela en el que hubieras podido esconderte, seguiste adelante aunque dos patrullas pasaron por la calle frente a ti.

–Vine porque confío en ti –le dices.

Ben apoya la mano en el marco de la puerta. Mira fijamente la alfombra mientras respira, y tú te preguntas si hay algo más que puedas decir. No tratas de convencerlo; es la verdad.

Después de un largo silencio, abre apenas la puerta y mira por la hendija hacia la estancia. Luego, señala una de las sillas del comedor.

–Dame unos minutos para deshacerme de ellos.

Se va de vuelta a la sala. Te sientas y esperas; escuchas que se apaga la televisión, las preguntas apacibles y confundidas de los chicos. Cuando finalmente salen y se cierra la puerta, Ben te hace señas para que pases.

La sala es un lío. La mesita de centro está cubierta de restos de papas fritas y bolsas vacías de *Doritos*. Hay vasos con preparaciones de *Red Bull* en las que el líquido amarillo eléctrico se mezcla con cubitos de hielo semiderretidos. Algunos envases de plástico tienen droga.

Te sientas en el sofá y dejas que los cojines te envuelvan. Ben circula recogiendo latas vacías del suelo. Pasa un minuto, quizá dos, sin que diga nada.

–Vamos. Sé que quizá no quieres hablar de eso, pero tienes que hacerlo. Desapareciste y lo siguiente que supe fue que había policías en la puerta. ¿Qué demonios? ¿Qué se supone que debía pensar?

Te inclinas y pones la cabeza entre las manos; no estás segura de si serás capaz de hacerlo. Si le dices lo que ocurrió (hoy, ayer, anteayer), se vuelve más real.

—Fui a la policía... y no me creyeron.

Las palabras hacen que se detenga.

—¿Les contaste del hombre que te siguió? ¿Y de tu memoria?

—Todo —dices—. *Mucho más de lo que te he contado a ti.*

—¿Por qué no te creyeron?

Ben está inmóvil, aguardando, preguntándose cómo es posible que te hayan ignorado. Sus ojos son tan cálidos, tan dispuestos a ver lo mejor de ti, que sabes que no puedes permanecer un minuto más sin decirle todo lo que ocurrió. Se merece estar enterado del peligro, sopesarlo como tú lo hiciste. Eso se lo debes.

Miras al suelo mientras hablas, mientras le cuentas sobre la mujer con el arma, sobre cómo Iván la mató debajo de la autopista. Sobre el dispositivo de rastreo y sobre por qué tuviste que abandonarlo aquella noche en la playa. Sobre la casa y el hombre que te siguió desde el parque. Terminas con la única conclusión a la que has llegado, la forma en que conectaste los puntos. Eres un peón en el juego real de alguien, una pieza de caza para cobrar, un blanco al que hay que matar.

Ben se queda quieto, mirando una mancha detrás de ti, digiriéndolo todo pausadamente. Después de un rato se levanta y se pone a caminar de ida y vuelta detrás del sofá. Finalmente dice:

—¿Le dijiste todo esto a la policía y nada? ¿Pensaron que lo inventaste?

—Siguen pensando que soy culpable de ese robo en el centro. No me creen porque no confían en mí. Y no confían en mí porque parece que tengo antecedentes delictivos: incendio provocado –le dices sin mirarlo–. No sé todos los detalles. Necesito tu computadora...

Ben asiente con la cabeza, todavía impresionado. Se ve como si se alegrara de hacer algo, lo que sea, y va por la computadora portátil a la planta baja. Te la entrega sin decir palabra. Te sientas en el sofá, levantas la tapa, contenta de tener algo que ver que no sea su rostro confundido y conmocionado.

Abres un motor de búsqueda y escribes "Club Xenith, San Francisco". Hay cinco enlaces solo en la primera página.

El incendio fue provocado: policía de Los Angeles

El incendio del Club Xenith, declarado intencional

Adolescentes sin hogar serían causantes del incendio provocado en SF

De inmediato bajas al tercer enlace y accedes a un artículo sobre el incendio. Se dice que fue iniciado con alcohol. Se sospecha de un grupo de adolescentes que habían estado viviendo en el parque del Golden Gate. Algunos ya habían sido detenidos por robos en la zona de Haight, aunque no se mencionan nombres.

Giras la pantalla hacia Ben y esperas a que lea todo el texto.

–Ya lo sabían –dices–. Las personas que organizan este asunto. Saben que tengo antecedentes y por eso prendieron fuego la casa de cierta manera. Lo hicieron ver como una especie de fiesta, a sabiendas de que si acudía a la policía, localizarían mi historial. Dieron por sentado que era más de lo mismo.

Miras fijamente el último encabezado: *Adolescentes sin hogar serían causantes del incendio provocado en SF*. Habías estado esperando hallar algo acerca de ti, lo que fuera, pero no encuentras alivio en esto.

–No soy nadie –dices–. Nadie me busca. No hay ninguna familia que me espere en casa. ¿Fue por eso que me escogieron? ¿Pensaron que me matarían y nadie sabría, que a nadie le importaría?

Ben no responde. Sientes sus ojos fijos en ti, pero no puedes devolverle la mirada, todavía no. Solo decirlo te hace un nudo en la garganta. Mientras contemplas la mesa, las latas y las envolturas de golosinas arrugadas, la habitación pierde definición por un repentino torrente de lágrimas.

Da unos pasos hacia ti, se sienta a tu lado en el sofá y baja la cabeza hasta quedar dentro de tu campo visual.

–Eso no es verdad. A mí me importas.

Te atrae hacia él y se siente tan bien y tan acogedor; tus brazos alrededor de sus hombros, tus piernas girando hasta quedar sobre su regazo. Levantas la barbilla hacia él, sus labios quedan a pocos centímetros. Sus ojos encuentran los tuyos. Es la sensación de caer, la misma liviandad que experimentaste cuando tus pies abandonaron el acantilado. Ya no puedes hacer nada para detenerlo. Sus manos están en tu pelo y se deslizan lentamente por tu mandíbula.

Dos exhalaciones, luego tres. El abrazo se estrecha. Puedes sentir cómo su cuerpo se tensa, puedes oír sus pulmones debajo de las costillas, su respiración entrecortada. En un instante, su boca está sobre la tuya. Te besa intensamente, su lengua recorre tu labio inferior. Luego entierra el rostro en tu cuello.

Te recuestas y te estiras a lo largo del sofá. Él se tiende junto a ti, con un brazo debajo de tu cabeza. Tu camiseta sale con apenas unos tirones. Desliza hacia arriba el sostén deportivo y te lo quita. Tu piel está expuesta. Entonces sientes sus manos sobre ti. Resbalan por tu vientre y se detienen un momento en tus costillas.

Tus labios encuentran los suyos. Te separas y él te mira, deja que su mirada baje a tu clavícula, tu pecho, tu vientre. El pelo le cae sobre la frente, tiene las mejillas encendidas. Su boca sobre la tuya, y todo es un recordatorio de que estás aquí, con él. No hay ningún otro sitio a donde ir.

CAPÍTULO VEINTICUATRO

EL CHICO ESTÁ *ahí, recostado a tu lado, con sus dedos apoyados en tu mentón. Pasa su dedo pulgar por tu labio inferior y lo deja allí. Estudia tus facciones; sus ojos castaños te recorren una y otra vez, captándolo todo.*

La luz pasa entre las hojas. El arco central de su labio superior es pronunciado. Tiene dos pequeños lunares en el pómulo derecho, justo debajo del ojo. Su frente está arañada y raspada, pero de alguna forma él sigue siendo perfecto.

Retira su pulgar y presiona sus labios contra los tuyos. Al principio te besa con delicadeza, apenas tocándote, mientras sus dedos se deslizan por tu pómulo, tu ceja y tu cabello. Se coloca encima de ti. Sus codos descansan a ambos lados de tu cabeza y te besa de nuevo, más fuerte esta vez, hundiéndote en las hojas y el musgo. Está diciendo algo que no puedes escuchar, sus palabras amortiguadas por tu piel, perdidas en tu cabello enmarañado.

Mueves tus manos sobre su torso desnudo, sintiendo los músculos debajo de sus omóplatos. Levantas la cabeza estirando el cuello hacia él, pero adondequiera que vas sus labios te encuentran, tocando tus mejillas, tu cuello.

–No voy a dejar que te hagan daño –murmura–. No puedo perderte. Cuando sus miradas se encuentran, él tiene los ojos húmedos. Te atrae hacia su cuerpo, tus piernas rodean su cintura.

–No lo haré. No puedo –dice.

Es difícil respirar, tu boca en la suya, tus manos sujetando sus hombros, acercándote más.

Cuando tus ojos derraman lágrimas no es porque no estás a salvo con él, y nunca lo estarás. No es porque morirán bajo estos árboles. Es porque sabes que eso no importa. Está aquí y te ama, y por eso ya no tienes miedo.

–Él llegará pronto –dices–. Tienes que irte, tienes que…

———————

Alguien te toma del hombro y te asustas. La habitación a tu alrededor se vuelve nítida. La luz del sol inunda la ventana mientras observas el desorden de la noche anterior sobre la mesa de centro.

–¿Qué pasa? –pregunta Ben, inclinándose sobre el sofá–. Estabas hablando dormida. Parecía que estabas llorando…

Te enjugas las lágrimas.

–¿Qué hora es?

–Casi mediodía.

Ben se apretuja en el sofá y apoya sus manos sobre las tuyas.

–¿Qué estaba diciendo?

–No entendí…

Te levantas, recordando que llevas puesta la camiseta y los pantalones pijama de Ben. Te bañaste anoche, antes de irte a dormir, y tu cabello aún está húmedo y enredado en algunas partes.

—Estoy bien; fue solo un sueño. ¿Me das un minuto?

Ben te besa en la frente, luego desaparece escaleras abajo.

Te diriges al sillón de la esquina, tomas la libreta del bolsillo trasero de tus shorts y un bolígrafo que cayó al piso. Abres una página en blanco y escribes:

—Al chico de la isla lo estaban cazando.
—El cazador era un hombre.

Analizas detenidamente el resto del sueño, intentando descifrar los detalles, si había algo en los árboles o las flores que identificara el lugar, algo que te ayudara a saber dónde o cuándo ocurrió. Pero no hay nada sobresaliente. El chico era lo más vívido.

Revisas las páginas anteriores, donde has escrito cada detalle de tu encuentro con el hombre de la pistola. Copiaste el símbolo de la botella de licor. San Eustaquio, uno de los santos patronos de los cazadores. La foto de Iván está metida a un lado, opaca por las huellas de dedos. Te quedas mirándola, esperando que él siga vivo. Cuando le tendiste una trampa, no sabías quién era ni qué deseaba. No sabías qué le ocurriría después. Sabes que está en peligro, estás segura, pero ¿cómo puedes ayudarlo?

Mientras revisas las notas sobre la casa, piensas nuevamente en la habitación. Las lonas, las escaleras, las cajas con el logo a un lado. La imagen es tan vívida. Tomas la computadora portátil del lugar donde la dejaste anoche, escribes *Parillo Construction* y aparece una dirección. Está a menos de media hora.

Abajo, Ben está jugando con una de las máquinas de pinball. Se inclina, apretando los botones a los lados.

−Tengo que mantener mi récord. Te estás acercando −dice.

−Solo jugué unas cuantas veces.

−Lo sé… así de buena eres −sonríe, y tú sabes que está tratando de aligerar el ambiente. Te inclinas sobre la máquina mientras la bola sale disparada y rebota de un lado a otro.

−Necesito que me prestes tu auto.

−¿Qué? ¿A dónde vas?

−Acabo de darme cuenta de que no le dije todo a la policía. Vi materiales de construcción en la casa y tenían un logotipo. Puedo explicártelo después.

−Está bien −dice Ben. Su voz suena suficientemente despreocupada, pero deja caer las manos.

−No te preocupes. Tendré cuidado.

Ben solo ríe cuando va por las llaves. Las sostiene en la mano y las mira fijamente. Estás esperando a que te las dé, cuando finalmente dice:

−¿De verdad crees que voy a prestarle mi auto a una conocida delincuente?

No puedes evitar la sonrisa que lucha por abrirse paso en la comisura de tus labios. Por primera vez, te sientes menos sola.

−Es muy mala idea, Ben.

−Mira, vas a necesitar alguien que llame a la policía si te persiguen de nuevo, o que…

−A la policía no le importa, Ben.

Él cierra la mano sobre el llavero, escondiéndolo. Se queda parado allí, esperando que digas algo. Sabes que es una pésima idea. Está mal dejar que se involucre más de lo que ya está.

−Bueno −dices−. Iré de copiloto.

CAPÍTULO VEINTICINCO

LA CALLE ES una mezcla de bungalows en decadencia, plazas comerciales y lotes vacíos. Conforme se aproximan a la dirección de Parillo Construction que averiguaron, escudriñas la acera en busca de algo que parezca extraño. No hay nadie afuera. El calor es tan intenso, el pavimento es negro y ardiente.

Ben se detiene. El edificio es gris y chato, con cinco portones de cocheras en fila. No hay ningún letrero; la ventana delantera está pintarrajeada y el vidrio, velado y opaco.

Ben toma la nota de tu mano y compara los números que anotaste con los del frente del edificio. Es el lugar correcto.

–No deberíamos estacionarnos. Avanza... después de ese árbol.

Señalas al frente, donde algunos matorrales y árboles tapan la vista desde la oficina. El coche avanza y Ben lo detiene. Cuando va a tomar la manija de la puerta, sujetas su muñeca.

–Espérame aquí –le dices–. Será más fácil si solo va uno de nosotros.

–¿Estás segura?

–Por favor, Ben. Ya estás demasiado metido en esto.

Bajas del auto y caminas con la esperanza de que no te siga.

Llevas la cabeza baja conforme te acercas al edificio por un costado, pendiente de la ventana delantera, a sabiendas de que no alcanzan a verte. Hay una cámara de seguridad en un rincón del techo, pero apunta abajo y lejos, hacia la puerta del frente. No pierdes el tiempo con la oficina, sino que das la vuelta a la parte posterior.

Un hombre descarga cajas de un camión. Te ve en cuanto doblas la esquina. Suelta de inmediato el contenedor que cargaba y con pasos rápidos se acerca a ti. No es mucho más alto que tú. Está cubierto del cuello a las muñecas con tatuajes. Observas su cintura, su cadera, pero hasta donde puedes ver, está desarmado.

Bajas la vista y finges que lees la nota.

–Busco la empresa Parillo Construction. ¿Es aquí? Mi primo me habló de ustedes y necesito alguien que repare mi...

–No estamos aceptando trabajos nuevos.

El hombre da otro paso para bloquearte. Detrás de él puedes ver que el portón de la primera cochera está abierto unos quince centímetros. No está cerrado.

Los contenedores junto al camión están sellados con cinta. No distingues nada escrito en los costados y él vigila, espera que te vayas.

–Lo siento, ¿no es Parillo? ¿Se dedican a la construcción?

–Aquí era Parillo Construction, pero ya dejó de operar.

–Pero todavía aparecen en Internet...

–Mire: está cerrado. ¿Me dejaría terminar lo que estoy haciendo?

Tratas de asimilar lo más posible: el camión blanco lleno de cajas de madera, la faja lumbar que se nota a través de la playera del hombre, el tatuaje de alambre de púas que envuelve su bíceps izquierdo, oculto debajo de la manga. Nada en él te parece conocido. De todos modos, echas otra mirada al portón de la cochera que está a sus espaldas. Hay algo que no quiere que veas.

Cuando te vas, te sigue hasta el límite del edificio y te observa cruzar la calle. Ignoras a Ben en el jeep, finges que te estacionaste a unas calles y caminaste. Desapareces al doblar una esquina.

Avanzas dos calles, doblas a la derecha y luego otra vez, para dar una vuelta completa. Te toma unos minutos encontrar un buen ángulo de la parte posterior del edificio. El camión sigue estacionado, las cajas están apiladas en el pavimento. El hombre habla con una mujer mucho más alta que él, con el pelo rojo ciruela estirado en un moño. El hombre apunta a la puerta abierta de la cochera y luego al frente. Alcanzas a oír apenas unas palabras: *Chica. Parillo. Haciendo preguntas.*

La mujer dice algo en voz demasiado baja como para escucharla; luego, el hombre cierra el camión. Desaparecen los dos por el frente del edificio.

La cochera no está a más de nueve metros de distancia; nada más que una carrera por el estacionamiento. En la parte trasera solo hay una cámara de vigilancia. Saltas la cerca de madera y allá vas.

Al acercarte al portón escuchas movimientos detrás, pero al pegar la oreja no consigues descifrarlos. Abres la manija. La luz inunda la habitación de cemento y revela media docena de pitbulls, todos en jaulas separadas. Cuando abres la puerta, todos se incorporan de un salto y recorren la periferia de sus jaulas metálicas, los belfos retraídos, los dientes descubiertos. Los ladridos son tan escandalosos que tus músculos se tensan, la estridencia es un cuchillo en tus oídos.

Tienen las caras cubiertas de cicatrices. Un perro tiene un carrillo desgarrado. Otro tiene heridas en las patas delanteras, la piel sangrante y en carne viva. Abres una puerta lateral y el hedor es tan intenso que te corta la respiración. Tomas el borde de tu camiseta y te tapas la nariz.

En el centro de esa habitación hay un aro metálico. El piso tiene manchas oscuras. En las paredes se apoyan sillas plegadas. Al examinar las esquinas, te fijas en el extremo izquierdo de la cochera, donde alguien ha excavado en el concreto. En el hoyo arrojaron una bolsa grande de basura, junto a algunos barriles.

Te acercas a la bolsa y te arrodillas; el olor es tan fuerte que no te deja respirar. Rasgas una sección del plástico, justo por debajo de la parte superior, lo que basta para mostrar la barbilla de un hombre. Su piel es cerosa, blanca azulada.

Estiras el resto del plástico y descubres el rostro de Iván. La piel se ve extrañamente delgada, como si pudiera escurrirse del hueso. Sus ojos están hundidos. La barbilla está movida en un ángulo inusual, las magulladuras de su mejilla todavía son visibles, la sangre seca y negra.

Sueltas la bolsa y retrocedes. Los vellos de tus brazos se erizan. Tu estómago se tensa; la podredumbre hiede tanto, que sientes la bilis subiendo por tu garganta. Te atragantas; pones la camiseta contra tu rostro y sales por la otra habitación. Los perros siguen ladrando mientras abandonas corriendo el edificio.

CAPÍTULO VEINTISÉIS

DAS UN MANOTAZO en el tablero del jeep cuando Ben arranca. Echas un vistazo al espejo retrovisor en busca de cualquier señal del hombre o la mujer detrás de ti.

–Da vuelta a la derecha aquí –dices–. Pueden venir tras nosotros.

–¿Qué diablos pasó? –pregunta Ben al tiempo que acelera, deteniéndose apenas en los altos.

–Lo que ocultaban era una arena para peleas de perros. Y…

–¿Y…?

Ben da una vuelta cerrada a la izquierda, hacia la autopista. En cuanto ve el señalamiento toma la rampa, mirando apenas en dirección a ti.

–Y encontré un cuerpo. Era el cuerpo de Iván. El hombre que estaba ayudándome.

Apenas lo dices sientes que tu garganta se tensa. Te inclinas hacia adelante, los codos sobre las rodillas, tratando de controlar tu respiración. Sabías que algo malo había pasado, algo de lo que estabas consciente, pero verlo, ver su cuerpo, hace que todo se sienta real. *No debió haber sido así*, piensas mientras observas los autos que cambian de carril, la autopista pasando debajo de ti. La foto sigue doblada en tu bolsillo. Apoyas tu mano sobre tu pierna y la sientes debajo de la tela, aunque no quieres mirarla, no quieres mirarlo. Él te salvó la vida. Intentaba ayudarte. Mintió para protegerte.

Una vez que lo piensas no puedes quitártelo de la cabeza. Se repite en un horrible círculo. *Él está muerto por tu culpa... Él está muerto por tu culpa... Él está muerto por tu culpa...*

Ben toma la siguiente salida. No dice nada mientras conduce; en cambio, da las vueltas ligeramente abiertas y frena un poco antes de llegar. Al acercarte a su casa te agachas en el asiento del copiloto y te quedas escondida, temerosa de que los policías puedan estar vigilando. Esperas hasta que el jeep está en el garaje para reincorporarte.

Ben se inclina y pone su mano sobre tu hombro.

–Todo va a estar bien.

–¿Pero cómo? ¿Cómo? –no puedes evitar el tono áspero en tu voz–. ¿Cómo puede estar bien?

–No sé –dice Ben–. Debe de haber algo que puedas hacer con esta información, alguien a quien puedas dársela. Los policías, tal vez. Es una prueba de que estabas diciendo la verdad. Prueba que ellos lo mataron.

Él alcanza tu mano y entrelaza sus dedos con los tuyos. Pasa su pulgar sobre tu piel, siguiendo las líneas de tu palma. Luego la coloca sobre su pecho. Dejas que la mantenga ahí por un momento, disfrutando de su calor mientras la sostiene, escuchando cada respiración, un recordatorio de que sigues viva.

Sabes que tiene razón. Tienes que hacer algo, tienes que seguir adelante. Estrechas su mano una vez más antes de soltarte.

CAPÍTULO VEINTISIETE

—¿PAPEL O PLÁSTICO? —el empacador es un anciano con manos artríticas y nudosas. Sostiene el cuarto de leche sobre una bolsa, listo para guardarla.

—Así está bien. Me la llevo así —dice Celia Álvarez.

Engancha el envase con el dedo. Después camina hacia las puertas automáticas y pasa por hileras de orquídeas y rosas mientras arruga el recibo y luego lo arroja en el bote de basura que hay afuera.

El estacionamiento está tranquilo. Son casi las 11. Mientras palpa el bolsillo de su uniforme en busca de las llaves, vuelve a pensar en el video de la entrevista. ¿Cuántas veces lo ha mirado? Gallagher se burló de ella, diciendo que estaba obsesionada, que ellos ya sabían todo lo que necesitaban saber. Drogadictos. Incendio provocado. Encontraron jeringas. Encontraron botellas de vodka y gasolina. En el mejor de los casos, la chica era una enferma mental, quizás esquizofrénica, que sufría de alucinaciones extrañas. Estaba convencida de que la gente la estaba cazando.

Celia presiona el botón de las llaves, perdiendo de vista momentáneamente su Civic, que está oculto trás de una van roja. Las luces traseras titilan y se escucha un *bip*. Avanza hacia el coche. ¿Y qué hay de la historia de la chica? Buena parte de ella concordaba. La línea de tiempo, por poner un ejemplo, y sus detalles eran internamente consistentes, su recuento decidido. Gallagher dijo que quizá se drogaba. Sin embargo, no era así. No hay manera...

Y luego está la historia de la propia Celia, aquella que le dijo a los dos oficiales de policía que llegaron por la parte trasera de la casa buscando a la chica. Ella había rodeado la cintura de la joven. Había sacado las esposas, pero ¿había tenido realmente la intención de arrestarla? ¿Cuándo había dejado ir a alguien antes? Solo la persiguió por unos cuantos metros antes de detenerse. Ni siquiera había trepado a la cerca.

Era como si se estuviera apegando al procedimiento, arrestando a la chica porque le habían dicho que lo hiciera, sabiendo todo el tiempo que no era lo correcto. Iba en contra de sus instintos. ¿Eso había sido? ¿Había querido que escapara?

En los últimos días, Celia se descubrió a sí misma buscando a la joven mientras pasaba cerca de las preparatorias locales. Preguntándose si estaría caminando entre aquellas multitudes en la banqueta. Estudiaba el rostro de cada chica a lo largo del Boulevard Hollywood. De aquellas que dormían con las mantas hasta el cuello; de las que permanecían sentadas o que sostenían letreros de cartón; las que estaban de pie en portales oscuros, pidiendo que alguien las lleve.

Por eso se pregunta si se lo está imaginando cuando la ve sentada junto a la camioneta roja. La chica se levanta, retrocede, observando las manos de Celia para ver si saca el arma. No lo hace. Solo la asimila. Su cabello negro llega más abajo de sus hombros. Su ropa está limpia, aunque es varias tallas más grande, los pantalones cortos de básquetbol doblados sobre la cadera.

—Por favor, no hagas nada —dice la joven—. Por favor, solo escucha. Por favor.

Celia no necesita que le ruegue. Ya tiene ese extraño instinto maternal de abrazarla, aunque solo tiene 34 años y no tiene hijos. La chica se ve mucho más menuda cerca de la camioneta. Su tono de voz es parejo, pero su expresión es recelosa, como si se sintiera nerviosa. ¿Miedo?

—Te seguí desde la estación de policía. Debes saber que el otro día yo no estaba mintiendo. En absoluto. Todo era verdad.

—Lo sé —es todo lo que atina a decir Celia.

La chica permanece de pie a la altura del parachoques de la camioneta, observándola, manteniendo unos buenos tres metros entre ellas.

—Nada más hubo una cosa que no mencioné en la estación —dice—. Lo recordé después. Los suministros de la casa tenían el nombre Parillo Construction en los costados. No puedo decir si es una compañía real o no, pero fui allá. Encontré el cuerpo del hombre que busca, Iván. Alguien estaba en proceso de enterrarlo.

Celia saca la libreta del bolsillo delantero y escribe.

—¿Cuándo fue eso? ¿Hoy?

—Esta tarde. También había muchos perros en jaulas… Se veía como si estuvieran organizando una arena para peleas de perros.

—¿Te vieron?

—Dos personas vieron que andaba por ahí, pero no me vieron entrar en el garaje. Probablemente no han movido el cuerpo aún.

Celia asiente, considerando. Necesitará obtener una pista sobre la arena para peleas de perros, seguirla hasta allí. No puede permitir que cualquiera sepa que vio a la chica, que volvió a dejarla seguir su camino. Nadie debía saber que eso había sucedido.

–Una cosa más –agrega la joven, avanzando unos cuantos pasos–. Mencionaste ese rollo acerca de San Francisco... del Club Xenith... Pero en los artículos no hay nada sobre mí. ¿Encontraste mi nombre o de dónde soy? ¿Cualquier cosa que indique quién era antes?

Celia se recuesta en su coche. La chica no está mintiendo; ahora resulta incluso más obvio. Realmente no recuerda nada antes de lo de la estación del metro. Ni siquiera sabe su propio nombre.

–No tenían un nombre en el expediente para ti –dice–. Todo lo que leí era solo información básica. En San Francisco los otros chicos te llamaban Trinie. Uno de ellos le dijo a la policía que eras de un pueblo cerca de Palm Springs... Cabazon, creo que era.

–¿Dónde es eso?

–Un par de horas hacia el este. Es difícil saber si eso es verdad. Estaban acampando en un parque en San Francisco. Parecería que la mayoría de las personas con las que estuviste eran fugitivos. No parece haber demasiada información sobre ti.

Mientras Celia dice esto, se pregunta si podrá decirle la otra parte, aquella que ha estado pensando acerca de sí misma. Uno de los chicos todavía está en la correccional juvenil a las afueras de Bay Area. Un chico que estaba viviendo allí al mismo tiempo. Pensó en ir hasta allá para hablar con él. Sin embargo, podría no ser nada. Y no es la clase de cosa que quisiera que la chica explorara por su cuenta. Probablemente es demasiado riesgoso compartirlo.

Cuando levanta la vista, la chica se está alejando, cruzando el estacionamiento vacío.

—Déjame llevarte a algún lado —dice Celia—. Es tarde.

—Estaré bien —dice la joven—. El dispositivo de rastreo ha desaparecido; no han sido capaces de hallarme desde hace días. Por favor, solo ve allá. Por favor, solo encuéntralo.

—Lo haré, lo prometo.

Celia abre la portezuela y acomoda la leche en el asiento del copiloto. Pero no sube al auto. En cambio, observa cómo la chica rodea la parte trasera de la tienda y desaparece por el patio aledaño.

CAPÍTULO VEINTIOCHO

—ME VA A dar trastorno de déficit de atención de piscina –dice Izzy, al tiempo que saca su iPhone de la sudadera. Se pone boca abajo y se da vuelta, golpeando la pantalla con los dedos.

—Solo ha pasado una hora –lo sabes porque has estado pendiente. Una hora desde que Izzy llegó, dos para que Ben regrese de la escuela, luego otras tres para que llegues a Cabazon, la ciudad de la cual te habló anoche Celia, la policía. Cuando Izzy llamó a la puerta esta tarde, trataste de mostrarte tranquila, incluso despreocupada, disculpándote por los días que estuviste fuera (le dijiste que habías ido con tus padres). Pero ahora es difícil conversar, difícil parecer normal.

Izzy apunta el teléfono hacia las enredaderas que han crecido sobre la parte alta de la cerca, y hace un acercamiento a un colibrí que revolotea por allí. Lo graba en video por unos cuantos segundos, luego se levanta y se pone la camiseta sobre el traje de baño.

—Necesito hacer algo –dice–. Vamos a caminar a las tiendas en Hillhurst.

—Se supone que debo esperar aquí hasta que llegue Ben –cuando lo dices sabes cómo suena: como si fueras una chica patética que vive para su novio. No hay forma de explicarle a Izzy qué ha estado pasando. Anoche tú y Ben hicieron un plan. Irán a Cabazon por un par de días y verán si pueden descubrir algo. Si creciste ahí, algo podría despertar tu memoria.

Izzy sonríe burlonamente.

—Muy bien… Sunny Síndrome de Estocolmo.

—¿Y eso qué quiere decir?

—¡Que dejes de actuar como un prisionero al que le lavaron el cerebro! No quiero quedarme acostada otro día; me estoy convirtiendo en una babosa. Anda, regresaremos en menos de una hora.

Mete los pies en su short y lo sube, luego te arroja tus pantalones y tu camiseta, amontonados en la tumbona. Te levantas, sabiendo que no hay forma de convencerla. Solo tienes que apresurarte. Debes ser cuidadosa.

Para cuando terminas de vestirte, Izzy ya está al otro lado de la puerta. La sigues por Franklin; el tránsito avanzando a tu lado. Llevas las gafas que Ben te prestó, el cabello hacia abajo, cubriéndote el rostro, pero no puedes evitar volverte y mirar sobre tu hombro de vez en cuando.

Izzy camina a tu lado, se detiene un segundo para tomar una foto de una grieta en forma de corazón en la acera.

—¿Entonces? —dice al tiempo que guarda el teléfono en el bolsillo—. ¿Vas a decirme qué está pasando?

—¿Qué está pasando?

—Has estado distraída todo el día. Algo pasó… Solo quiero saber qué fue. ¿Noche de pasión? —Izzy intenta tocarte el cabello, pero te alejas, y tu mano salta hacia la cicatriz.

—Izzy… no.

—Solo iba a ver si tienes chupetones.

—Ben es solo un amigo.

—Yo también tengo amigos como ese... —Izzy ríe.

La pregunta trae a tu mente el recuerdo de la noche anterior, y te preocupa que el rostro te traicione. Te quedaste dormida en el sofá junto a él, su brazo bajo tu cabeza, el otro rodeando tu cintura. Por mucho que pienses que no deberías, puedes sentir que te estás encariñando. Sin él, hoy la casa se sentía vacía.

Pasan una calle flanqueada por palmeras cuyas frondas se alzan imponentes. Una hilera de condominios tras otra. Una mujer en un balcón fuma un cigarrillo, sus pies cruzados sobre la barandilla de piedra.

Adelante observas el letrero en la calle: VERMONT. La estación del metro donde despertaste está justo al sur de aquí, y es otro recordatorio de cómo le has mentido a Izzy. ¿Cómo puedes explicar quién es Ben? ¿Cómo podría entenderlo ella?

—Es... complicado —dices.

—Siempre es así. Empieza por el principio. ¿Dónde se conocieron?

—Me lo encontré en el supermercado. Literalmente... me tropecé con él.

Mientras Izzy camina, lleva alzado su teléfono, grabando la parte trasera de los autos que pasan.

—¿Hace cuánto fue eso?

No puedes decirle la verdad. Hace una semana que conociste a Ben y te estás quedando en su casa.

—Hace como un año. Yo estaba en su escuela. Luego nos mudamos al otro lado de la ciudad. Las cosas con mi mamá se complicaron, así que estoy buscando un lugar donde quedarme.

—¿Dónde está tu papá?

Piensas en el recuerdo de la iglesia, al ataúd cubierto con un paño blanco.

–Murió hace tiempo.

Izzy se detiene en la acera. Te observa con la cabeza inclinada a un lado.

–Creí que tus padres estaban peleando mucho.

Tomas una pequeña bocanada de aire, sin mirarla. Afortunadamente, adelante se ven algunas tiendas. Hay un *7-Eleven* al otro lado de la calle, una tienda de ropa para niños a tu derecha. Una mujer está parada en la esquina, cerca de un local de comida saludable, su sonrisa opresivamente alegre.

–¿Malteada gratis? –pregunta–. ¡Tenemos promoción toda la semana!

Ofrece cupones a cada una. Izzy lo revisa, luego lo mete en el bolsillo. Esperas que la distracción sea suficiente para cambiar la plática, pero ella sigue mirándote de soslayo, esperando tu respuesta.

–Quise decir mi padrastro. Lleva un tiempo con mi mamá. No tiene nada de interesante.

–¿No tiene nada de interesante o no quieres hablar de ello? –Izzy sacude la cabeza, quitándose de la cara un mechón de cabello negro. El adorno que perfora su mejilla refleja la luz. No pasa nada por alto. Eso te gusta de ella, pero otra parte de ti desearía que no hiciera preguntas y que, cualquiera que sea la amistad que están forjando, pudiera quedarse en la superficie de las cosas.

La sigues por la calle, pasas por el supermercado donde conociste a Ben, luego avanzan hacia unas tiendas de ropa. Pasan unos momentos antes de que recuerdes su pregunta. No le has respondido. ¿Esa no es suficiente respuesta?

—Supongo que no quiero hablar de eso –dices.

—Estoy empezando a pensar que hay personas a quienes les gusta enfrentar las cosas y hablar de ellas hasta que no pueden más, y personas que no dicen nada y solo esperan que los problemas desaparezcan –dice Izzy–. Yo siempre he sido de las primeras. No puedo ser de la otra forma, aun si quisiera.

—Quizá yo soy de las segundas –dices–. No estoy segura.

—¿Pero no te están comiendo viva todos esos sentimientos? ¿Cómo es que no te da una embolia? No entiendo cómo pueden existir ustedes.

—"¿Ustedes?". Lo dices como si yo fuera una especie de monstruo.

—Lo eres. No es sano –Izzy ríe–. Y no voy a psicoanalizarte ni nada. Sin importar por lo que estés pasando ahora: tal vez deberías hablar de ello con alguien. ¿Qué me ocurrió en la escuela? Ni siquiera fue mi culpa, pero cada noche Mims y yo nos sentamos a tratar de entenderlo.

—Lo dices como si fuera una opción. Como si pudieras escoger enfrentarlo o no.

Apenas puedes pensar en lo que le sucedió a Iván, si no es que a alguien más.

—¿Acaso no es todo una elección?

No te pregunta directamente. Más bien lanza la pregunta al aire, y de esa forma la conversación no parece tan amenazante. Te diriges a Hillhurst, dos pasos detrás de Izzy, pensando en ello, en que está equivocada. No todo es una elección. Algunas cosas te eligen.

La luz en la intersección está roja. Te pones el cabello a los lados de la cara para ocultar tu perfil. Observas la acera por hábito y miras a dos hombres cruzar la calle. Visten ropa de quirófano, uno lleva una carpeta de papel manila. La forma en que hablan parece tan natural, tan informal, es casi reconfortante.

—Mira, cienciólogas —murmura Izzy, señalando a dos mujeres paradas en la entrada de un pequeño edificio gris. Un hombre está sentado frente a un letrero que dice PRUEBA DE ESTRÉS GRATIS. Señala una silla plegable que está a su lado.

—¿Una prueba gratis de estrés? —pregunta.

Están a punto de alejarse cuando Izzy se dirige a él, observando la pequeña mesa de libros colocada bajo la marquesina. Toma uno y pregunta algo acerca de los extraterrestres.

—Deberíamos irnos —dices, mirando la cafetería al aire libre justo al otro lado de la calle. Debe de haber sesenta personas o más. Pueden verte perfectamente. Miras hacia la esquina opuesta, buscando la mejor forma de largarte.

—En serio, tienes que ver esto… —Izzy toma otro libro y señala el volcán en erupción en la portada.

Izzy dice algo más, habla con el hombre, pero no estás escuchando. Algo está mal. Puedes sentirlo; tienes esa extraña sensación de que te están observando.

Miras hacia la calle, y tus ojos se quedan fijos. Esta vez no hay gorra, no hay gafas oscuras. Se ve como cualquier otro corredor con camiseta sencilla y pantalones cortos, zapatos de deporte grises. Pero es el mismo hombre que te siguió desde el parque. Rostro pálido, anguloso. No puedes ver la pistola, pero sabes que está allí.

—Tengo que irme… —dices y comienzas a caminar por la calle. Después de unos cuantos pasos empiezas a correr. No volteas cuando Izzy te llama.

Aceleras para cruzar la calle, sin esperar a que la luz cambie.

Alguien te grita. Los neumáticos de otro auto chillan al frenar. Sigues adelante, respirando largo y lento. Quieres creer que no te matará aquí, que no puede hacerlo, que hay demasiados testigos. Pero cuando él aumenta la velocidad, el miedo te desgarra. No importa qué tan rápido corras, él sigue cerca.

Al sur, la intersección desemboca en cinco caminos. Tomas una decisión rápida y doblas a la derecha detrás de algunos estacionamientos. Una cuadra adelante, llegas a un vecindario. Edificios bajos de departamentos flanquean la calle. Cuando te vuelves, el hombre se ha ido. Tomó un camino diferente, pero ¿cuánto tiempo pasará antes de que te encuentre?

Avanzas por el borde de los edificios y caminas hacia la acera, donde los árboles y los arbustos son más gruesos y ofrecen un mejor escondite. No hay una sola persona afuera. Hay una intersección más transitada a solo una cuadra al norte. En la inesperada sombra te sientes más calmada, piensas con mayor claridad. Solo tienes que llegar a la esquina.

Mientras pasas frente a otro edificio de departamentos te sientes inquieta.

Giras y lo descubres. Está escondido en el segundo descanso de unas escaleras. Tiene el antebrazo apoyado sobre la barandilla, la pistola apunta a tu cabeza. Dispara una vez; la bala pasa tan cerca que sientes cómo mueve el aire frente a ti. Se incrusta en un auto cercano.

El parabrisas se estrella. La alarma se activa. Sales corriendo a toda velocidad, pero él ya está bajando las escaleras. Escuchas sus pisadas en el concreto, su ritmo acelerado cuando corre, salta algunos escalones y aterriza con fuerza en el suelo.

Solo llega a la esquina, piensas. *Ya casi llegas.*

Está muy cerca, pero no hay suficiente distancia entre los dos. Lo escuchas acercarse por detrás. En solo unos segundos te derriba de un golpe, tus palmas derrapan sobre la acera. Estás sobre un costado, oculta detrás de un arbusto; te das vuelta y encoges las piernas hacia tu pecho. Él te mira, alcanza el arma en su cintura, y tú usas esa fracción de segundo para patearlo con todas tus fuerzas con ambas piernas. El golpe cae justo debajo de su estómago. Él se dobla y un jadeo escapa de sus labios.

Te levantas y corres unos metros hacia la esquina. Cuando volteas y lo miras una última vez, está agachado en la acera, su mano aún en el costado. La pistola cayó cuando lo pateaste. La agarra, pero tú ya estás en la avenida principal, unos cuantos autos pasan a toda velocidad. En una iglesia cercana la gente sale de misa y se demora en la puerta. Tus ojos encuentran los suyos. Notas la extraña y retorcida cicatriz que surca la parte frontal de su mentón, sus ojos azules hundidos.

Descubres, en un instante, que lo reconoces… Lo conoces.

Un taxi amarillo se aproxima velozmente por la calle y, sin pensarlo, saltas frente a él, con las palmas extendidas. El conductor frena de golpe, maldiciendo. Es suficiente para atraer la atención de todos. La gente en las escalinatas de la iglesia te está mirando. Cuando diriges la mirada al otro lado de la calle, el hombre ha guardado el arma en su bolsillo.

Abres la portezuela del taxi, saltas al asiento trasero, y ofreces pagarle al chofer lo que pida para que te lleve a casa.

CAPÍTULO VEINTINUEVE

EL DOCTOR VE que un sedán negro se aproxima, pero es difícil distinguir la matrícula en la lluvia. Dijeron que buscaran el AX9. Unos cuantos autos pasan, y conforme se acerca al final del paso peatonal, levanta el brazo para detenerlo.

La lluvia ahora cae más fuerte, golpeando su rostro, picoteando sus ojos. Mantiene la mano arriba, esperando mientras el sedán se acerca más. Solo está a unas cuantas cuadras de West Side Highway, y las calles están tranquilas, excepto por los coches, que pasan a toda velocidad, reventando los charcos, arrojando salpicaduras de agua sucia sobre la acera. Una mujer permanece de pie bajo el toldo de un edificio de departamentos, con su paraguas vuelto al revés. Unas cuantas personas más se dirigen corriendo hacia la estación del metro.

Conforme el sedán reduce la velocidad, alcanza a distinguir las placas: AX9. Los primeros caracteres son los mismos. Hay una hoja de papel detrás del limpiador, una especie de permiso falso de taxi informal, pero se trata de un tipo nuevo.

El conductor baja la ventanilla. Es más viejo, tiene el cabello gris. Lleva una camisa tipo polo y una cruz de oro en el cuello.

—¿A dónde? —pregunta.

Al doctor le toma unos cuantos segundos. Siempre piensa antes de hablar, sabiendo que tiene que emitir la expresión correcta. Son muy claros al respecto siempre que se ponen en contacto con él. Todo tiene que ser como ellos lo especifican.

—Estoy tratando de llegar al centro. ¿Cuánto cobra por ir a Broadway y Spring?

El conductor inclina la cabeza, mirando hacia la lluvia. Los limpiadores van a la máxima velocidad, limpiando de ida y de regreso con un sonido repetitivo.

—¿Qué tal 40?

El doctor diría 35, el tipo estaría de acuerdo y él subiría al asiento trasero. Así es como sucederá, pero ahora que se encuentra ahí, parado junto al coche, duda por un momento. ¿Qué ha hecho? ¿Cal está descontento con él?

—¿35? —pregunta el doctor.

El conductor asiente. Señala con el pulgar por encima de su hombro para indicarle *súbete*.

El doctor echa un último vistazo hacia la lluvia, observando a las escasas personas que hay en la calle. No tiene alternativa. Tiene que encontrarse con él, debe hacerlo, pero sigue sintiendo la tentación de dar media vuelta, dirigirse de regreso al hospital, tomar su coche y simplemente irse. Largarse. ¿Cuánto tiempo les tomaría encontrarlo?

Abre la portezuela, sube al asiento trasero. Cal está ahí; lleva un traje negro reluciente y corbata.

—Richard —dice—. Gracias por acudir con tan poca antelación.

—Por supuesto.

El sedán comienza a avanzar, y el doctor se cae contra el

respaldo. Su ropa está totalmente empapada. Se quita el pelo de la frente, sacudiéndose el agua de las mejillas. Intenta no parecer nervioso y observa por el parabrisas conforme el auto gira hacia el sur en Broadway.

—La droga —empieza a decir Cal—. Usted dijo que estaba seguro de su efectividad.

Richard sacude la cabeza.

—Dije que estaba tan seguro como podía estarlo. Sigue siendo muy experimental. Fui muy claro al respecto desde el principio.

—Usted dijo que en dosis altas, los recuerdos no regresarían por seis meses, quizás un año. ¿Acaso no fue eso lo que dijo?

—Era una teoría, una teoría en desarrollo. ¿Por qué? ¿Qué sucedió?

Cal echa un vistazo por detrás de sus delgados lentes sin moldura.

—Nos estamos enterando de que no es el caso. De que hay recuerdos que están regresando. Uno de nuestros agentes ha sido reconocido, de la isla.

El primer impulso del doctor es disculparse o explicar, y tiene que recordarse a sí mismo que no ha hecho nada malo. La droga siempre fue experimental. Ellos lo sabían. Él fue claro. Solo se había usado en un puñado de experimentos, la mayoría pacientes con síndrome de estrés postraumático, y su teoría era solo eso: una teoría. Cuando probaron la dosis alta funcionó, solo por tres semanas, pero había funcionado.

—Yo vi que funcionó —insiste—. Usted vio que funcionó.

—Ya no está funcionando. Ha pasado menos de un mes, y los recuerdos parecen estar regresando en algunos de ellos.

—Siempre fue experimental. Usted me pidió suprimir años. Su tiempo en la isla, algo más grande... Nunca estuve seguro.

Carl juguetea con la mancuernilla del puño de su camisa. Cuando habla, su voz es neutral, y lo que dice es una declaración, no una pregunta. Nunca pregunta.

—Necesitaremos más.

El doctor deja escapar un resoplido. Observa la ciudad pasar detrás de la ventanilla, tratando de pensar en la forma de decirlo. Simplemente no puede seguir obteniendo las drogas, pero ellos tienen que creer que sí puede. Necesita que Cal lo necesite.

—Tendrán que darme tiempo —dice.

—No tenemos.

—Pero no pueden esperar simplemente que la consiga para ustedes en un día. Necesitaré dos semanas... Por lo menos.

—Una.

Carl le hace una seña al conductor y el sedán se detiene. No han llegado a Broadway y Spring. En cambio, se han detenido sobre Union Square. El edificio Flatiron está a una cuadra al sur.

—Trataré.

—Haga más que tratar —dice Cal—. O usted mismo podría terminar en la isla.

Luego se inclina por encima del doctor, alcanza la portezuela y le hace un gesto para indicarle que baje. La lluvia cae con más fuerza ahora. El drenaje está inundado, el agua se acumula por encima de la cuneta. El doctor quiere decir algo para que se ponga de su lado, pero Cal mira al frente. Está esperando que se vaya.

El doctor desciende. Está empapado de nuevo, la lluvia cae tan fuerte que duele cuando golpea su piel. Cierra y el coche se aleja.

Por unos momentos se queda parado allí, incapaz de moverse. Piensa en los hombres de la isla que ha tratado, aquellos que han vuelto con los brazos arrancados, la carne podrida de la infección. Uno tenía una punta de lanza de 13 centímetros encajada en la espalda, justo a la derecha de su columna. El doctor examinó la pica sanguinolenta. Le habían forjado pequeños garfios en la punta para que fuera imposible jalar para sacarla.

El doctor toma una larga y ligera bocanada de aire, permitiendo que su corazón se calme. Cal y sus malditas amenazas. Aún sigue en su cabeza mientras el coche dobla a la derecha en la calle 21 y se pierde de vista.

CAPÍTULO TREINTA

–¿CÓMO LAS SIENTES? –pregunta Ben, echando un vistazo a tus manos.

Observas las palmas rosadas, raspadas, la herida que apenas empieza a oscurecerse. La piel arde en la parte que golpeó el pavimento.

–Están bien –dices–. Y yo estoy bien… mejor, al menos. Me siento aliviada de que estemos lejos de Los Angeles.

Cuando el taxi te dejó, Ben ya estaba en casa. Le contaste lo que pasó con el cazador, y él te hizo subir al jeep antes de partir a Cabazon. A medida que aumentaban los kilómetros que te separaban de Los Angeles, pudiste relajarte más, el temblor de tus manos disminuyó. Tres horas después, no había señales de que alguien te siguiera. Esperas que no te encuentren aquí.

Ben conduce el jeep por una calle principal, después de otro bloque de casas. Cabazon es un pueblo desértico; la arena anaranjada se extiende hasta las montañas, los edificios deslavados por el sol. Justo al salir de la autopista hay una gasolinera y afuera de ella, dos esculturas gigantes de dinosaurios. Mientras Ben se estacionaba para llenar el tanque, los miraste detenidamente, preguntándote cuántas veces has pasado frente a ellas antes de hoy. ¿Cuánto tiempo viviste aquí? ¿Creciste cerca? ¿Hay alguien esperando que regreses?

—Solo necesito saber algo, lo que sea —dices, escudriñando el camino de terracería. Las casas se ven a lo lejos, más allá de la arena y los matorrales secos, diminutas estructuras rectangulares blanqueadas por el sol. En este lugar nada parece familiar—. Siento que se me está acabando el tiempo.

Tu voz es desigual y das la vuelta, esperando que Ben no vea que tus ojos se humedecen de pronto.

—No hables así —dice—. Escapaste de él dos veces. Eres fuerte e inteligente, y a partir de ahora voy a estar contigo dondequiera que vayas. Para lo que necesites. La policía está juntando las piezas. Ella los encontrará.

Ben se detiene ante la señal de alto, y una mujer cruza con dos niños pequeños, ambos en bicicletas con ruedas de entrenamiento. No llevas puestas tus gafas y te encuentras con la mirada de la mujer a través del parabrisas mientras pasa. Por primera vez quieres que alguien te reconozca. Esperas que ella sonría, que salude.

Pero solo siguen adelante. Ella dice algo a los niños, apoyando su mano sobre la espalda del más pequeño. Ben gira para rodear otra manzana y pasan frente a una fiesta de cumpleaños en el jardín de alguien, adornado con coloridos banderines de papel. Hay música.

—¿Cómo es que alguien pasa de llevar una vida normal aquí, a lo que yo he vivido? ¿Cómo ocurre eso?

Ben no contesta. Solo pone su mano en tu brazo mientras da vuelta, de regreso hacia el centro de la ciudad.

El área principal no debe de tener más de 25 kilómetros cuadrados, y durante una hora ha estado subiendo y bajando calles, pasando por parques, áreas de juegos, escuelas, bibliotecas y supermercados.

¿Cuántas farmacias has visto? ¿Cuántos restaurantes?

Sigues analizando las caras de los extraños, preguntándote si los conocías antes.

El sol se está poniendo; en el cielo se intensifican los tonos rosas y dorados. Pasan por un centro comercial; hay algunos anuncios en la pared de al lado. Uno, en particular, te atrae. Muestra a una mujer rubia con un vestido blanco de lentejuelas. Debajo tiene escrito NOVIAS LULA's con letras grandes y adornadas. La mujer lleva una brillante flor púrpura en una oreja. El anuncio está descolorido y roto en algunas partes, pero te resulta familiar. El recuerdo irrumpe.

La pintura amarilla de la casa se está desprendiendo. Metes el dedo debajo y la arrancas, mirando cómo los pedazos se desintegran en tu mano. Eres más joven, puedes sentirlo, y antes de que puedas darte vuelta, un niño pequeño corre hasta ti. Tiene cabello y ojos oscuros y un puñado de arena. La arroja a tu espalda.

–¡Te di!

Luego se va hacia el jardín.

Corres tras él. No puede tener más de cinco años, pero es rápido. Salta sobre algunos neumáticos diseminados en la arena, rodea un televisor descompuesto tirado a un lado de la cerca de alambre de púas. Se dirige al patio delantero. Allí, ante unas cuantas casas sórdidas, está el cartel de un lugar llamado Novias Lula's. La novia usa una sombra de ojos color púrpura brillante, su peinado de diez centímetros de alto.

El niño da la vuelta por el otro lado de la casa y escapa por un hueco en la alambrada. Lo sigues, saltando sobre una escalera oxidada. Es tu casa, eso está claro. Conoces cada escalón, sabes dónde ha cavado agujeros el perro, sabes que hay tablas de madera detrás de la puerta lateral.

Corres y estás feliz, ríes, al igual que él. Sus ojos reflejan la luz. Su sonrisa es enorme y en un instante puedes sentirlo: amas este lugar y lo amas a él. Rodeas la casa y luego corres hacia él, tu hermano menor.

—Se sintió tan real —repites—. Él estaba justo ahí. Fue como si estuviera con él de nuevo.

Después de que saliste del recuerdo, Ben siguió conduciendo, tratando de encontrar la casa amarilla, pero no apareció. Debieron de haberla pintado años después, y la tienda de novias debió de haber cerrado. Ninguna de las personas a las que preguntaron había escuchado de ella, y el letrero que viste en tu memoria ya había sido retirado. El anuncio desgastado en el centro de la ciudad es el único indicio de que la tienda estuvo allí alguna vez.

—Cuando tuviste aquel otro recuerdo, ¿se sintió igual?

Ben se detiene en el estacionamiento de una tienda de alimentos. La luz fluorescente fluye a través de la ventana frontal, proyectando un extraño brillo en su rostro.

—Sí, fue así de vívido.

—¿De qué era?

—Veía una iglesia, un funeral. Pero no sabía de quién era. Solo recuerdo que yo estaba leyendo algo.

—Entonces, está regresando —dice—. Vas a recuperar la memoria.

Apoya la mano en la manija de la portezuela, y te besa antes de entrar en la tienda, después de prometerte una cena del *7-Eleven*.

Sacas la libreta de la guantera y escribes unas cuantas líneas:

–La casa originalmente era amarilla.

–Ubicada a un lado de la autopista, cerca de un anuncio.

–Novias Lula's.

–El hermano era menor, de cabello y ojos oscuros.

Sigues buscando las notas pero alguien golpea la ventanilla. El hombre debe tener más de cuarenta años, cabello cano, grasoso y tieso. Su nariz, grande y bulbosa, está cubierta de finas venas rojas. Tiene la mirada perdida. Mueves tu mano hacia la portezuela, tratando de colocar el seguro sin ser demasiado obvia.

Pero él golpea con la mano.

–Aaaah, ahora conduces un auto de lujo y actúas como si no me conocieras. Vi lo que pasó. Y ahí estaba yo, fui una persona amable, de buen corazón. Dije: *¡Shorty Do! ¡Tienes que ayudarla! ¡Tú sabes que ella siempre necesita alguien que se la compre!*

Lo miras a través de la ventanilla. Gesticula con las manos, ocasionalmente se da palmadas en las piernas para hacer énfasis. ¿En verdad te conoce?

–¿Qué quieres decir? ¿Comprar qué cosa?

El hombre se inclina y guiña un ojo.

–Sí, esa "cosa" está bien. No voy a decirle a nadie.

–Estoy hablando en serio…

–Te sigue gustando la botella grande de *Wild Turkey*, ¿no? Yo la compro por ti, pero luego tienes que darme un poco. Hoy no necesito tomar mucho, solo un poco.

Bajas la ventanilla, preguntándote si es posible que te reconozca.

–¿Nos conocemos? ¿Desde cuándo?

–¿Te estás burlando de mí?

–No, nada más que no me acuerdo. Ahora no puedo recordar muchas cosas. Algo pasó.

El hombre echa un vistazo al interior de la tienda y vuelve a fijar su mirada en ti.

–Te ves un poco diferente... pero supe que eras tú. No te he visto, no sé... ¿en un año? ¿Quién es ese muchacho?

–¿Cuál es mi nombre?

–¿Cómo voy a saber? Tú llegabas y me pedías que te ayudara. Un día esos hombres estaban hablando contigo. Solo subiste a su auto y te fuiste con ellos. No volví a verte hasta ahora.

–¿Cómo eran?

Mete las manos hasta el fondo de los bolsillos de sus pantalones inmundos. Luego inclina la cabeza hacia la consola del auto. Hay cinco dólares dentro de un viejo vaso de café.

–¿Me ayudas?

Puedes ver a Ben dentro de la tienda, la parte posterior de su cabeza apenas se distingue sobre el pasillo de los dulces. Tomas el billete del vaso y se lo entregas.

–¿Quiénes eran? ¿Qué aspecto tenían?

–No recuerdo. ¡Se veían elegantes! No los había visto nunca antes.

–¿Yo los conocía?

–Los conocías, estabas esperándolos.

Es difícil de imaginar. Querías que él te dijera que te llevaron, que luchaste, que gritaste, que no habías tenido opción.

–¿Me viste alguna vez con alguien, además de ellos?

–Un niño. Un poco más joven que tú.

Miras la libreta, lees la descripción de tu hermano y sientes una opresión en los pulmones.

–¿Cómo era? ¿Cómo se llamaba?

–Se parecía a ti: cabello negro, ojos cafés bonitos. No sé…

Escribes todo lo que dice, tratando de ignorar que te ha dicho bonita.

–¿Qué más? ¿Cuántas veces te pedí que hicieras eso? ¿Sabías dónde vivía?

Él ríe, alejándose de la ventanilla. Está mirando el camino detrás de ti, los autos que pasan. Revisa las esquinas del edificio. ¿Para qué? No estás segura. Algo debe de haberlo asustado.

Volteas y ves al guardia de seguridad al otro lado del estacionamiento. Grita algo que no entiendes. Le hace señas al tipo para que te deje en paz.

–Solo te vi unas cuantas veces –dice el hombre, al tiempo que comienza a alejarse–. Es todo lo que sé.

Cuando está atravesando el estacionamiento, Ben sale de la tienda con dos bolsas. Ve al hombre acercarse a una mujer en la cuneta, luego te mira.

–¿Qué pasa? ¿Hay algún problema?

–Ese tipo… cree que me conoce –respondes–. Dice que yo venía aquí para pedirle que me comprara alcohol. Me vio hace más de un año: me fui con dos hombres. Dijo que a veces estaba con un niño más pequeño. Creo que era mi hermano menor.

Ben sube al auto. Juntos observan al hombre. Sacude los brazos al hablar, el cabello le cae sobre el rostro. Grita a la mujer algo que no puedes escuchar. Ella tiene un carrito metálico de supermercado lleno de cobijas viejas.

–¿Qué más dijo?

–Eso es todo. Traté de hacerle más preguntas, pero me miró como si estuviera loca.

−A ver si entiendo: ¿*él* te miró como si *tú* estuvieras loca? −Ben se queda observando por la ventanilla.

Volteas y ves lo que él ve. El hombre se ha levantado la camiseta, muestra la panza, parte de sus calzones asoma por la espalda. Se golpea las costillas varias veces gritando algo que suena como "¡Mueve la gelatina!".

−Te entiendo.

Ben toma tu mano y la estrecha.

−Entonces, fue real, justo como dijiste. Ellos deben haberte encontrado aquí. Tienes un hermano; vivías cerca. Lo que dijo esa policía era correcto.

−Sí, pero... ¿dónde? ¿Cuándo?

Miras la libreta, escribes una descripción del hombre y la dirección exacta de la tienda en caso de que necesiten encontrarlo de nuevo. Es difícil saber si le crees, pero las piezas encajan. Vivías aquí. Este es el lugar en el que te encontraron. Tienes un hermano menor. Te preguntas dónde está ahora, si te está buscando.

Ben sale del estacionamiento. Miras al hombre y alzas la mano para despedirte.

CAPÍTULO TREINTA Y UNO

SON CASI LAS 10 cuando Ben regresa a la habitación del motel. Tú estás sentada en el balcón que domina la piscina, y la cena a base de sándwiches empaquetados y nachos está dispersa en la mesa. Serviste la botella de *Coca-Cola* en dos de los vasos del motel.

Él echa un vistazo a las dos camas queen, una al lado de la otra, y sus labios se curvan en una sonrisa.

–Qué bueno que tenemos dos camas. Me preocupaba que intentaras aprovecharte de mí.

–Descubriste mis planes –ríes–. ¿Qué dijo el tipo de la recepción? ¿Sabía algo?

Ben se sienta frente a ti y bebe un sorbo de refresco.

–Dice que la tienda de novias cerró hace por lo menos cinco años. El que vimos debe haber sido un anuncio viejo.

–Entonces, no hay manera de encontrar la casa –dices–. El letrero ni siquiera existe.

–Ya no...

–Así que probablemente tengo un hermano más chico. Así que yo podría haberle comprado alcohol a ese tipo. Así que ellos probablemente me encontraron aquí, quienesquiera que sean. ¿Eso dónde me sitúa?

No miras a Ben mientras hablas; más bien fijas la vista en la pequeña piscina en forma de riñón. La mayoría de las tumbonas están rotas. Una de las paredes exteriores ha sido parchada con cinta plateada. Los pasillos huelen a humo de cigarrillo; las alfombras están sucias. Se siente como si todo hubiera venido a menos, esta ciudad, este sitio.

–Quizá regresen más recuerdos. Quizás es solo cuestión de tiempo.

–Quizá... –dices, pero es difícil no sentirse desanimada. Tú viste la casa con claridad; era tan vívida. ¿Cómo podrías haber estado tan cerca y no tener manera de descubrir dónde se encuentra? ¿Cuántas calles has recorrido esta noche, buscándola, solo deseando reconocer algo? ¿Acaso tu hermano sigue en alguna parte, buscándote, esperando a que regreses?

–Tenías que venir aquí –agrega Ben–. Si no lo hacías, siempre te habría quedado la duda.

–¿Entonces esto es todo lo que obtendré? ¿Algún recuerdo fugaz, un sobrenombre al cual no se le puede seguir la pista? ¿Y qué sucederá si esto es todo lo que logre obtener?

–Quizá no sea tan malo...

–¿Qué quieres decir?

Ben apoya su mentón en las manos. Abre la boca, pero por un momento solo te observa, como si estuviera tratando de organizar lo que va decir.

–No lo sé –empieza–. Es solo que… Ha habido cosas que yo he deseado olvidar antes. Mierda, cosas que hubiera sido más sencillo no tener que pensar. Ha habido personas a las que he deseado olvidar. Quizá cualquier cosa que haya sucedido antes… como sea que haya sido lo malo… Quizás esta es tu oportunidad.

–¿Mi oportunidad de ser alguien más?

–Ajá –dice–. De ser quien quieras ser.

Piensas en los listados de la libreta. Cada vez que regresas a lo que sabes acerca de ti misma, parece conducir solo a un sitio: eras una fugitiva. Entrabas y salías del reformatorio. Sabes cómo hacer cosas malas, cómo herir a la gente. El chico, ese de tus sueños, es la única persona que parece haberse preocupado por ti, y tú ni siquiera estás segura de que sea real.

–Tu oportunidad de empezar desde cero –Ben baja la vista cuando lo dice, su voz más apagada que antes–. Supongo que eso es más o menos lo que tú has sido para mí. Todo se siente diferente ahora, nuevo. Es decir, después de que mi papá murió y todo lo que sucedió con mi mamá, como que me sentía atrapado, atorado. Era como si nada importara, nada de lo que yo pudiera hacer cambiaría las cosas, ¿sabes? Pero ahora… Al haberte conocido… al ver la forma en que has manejado todo… me siento mejor. Como que así quizá no tengo que quedarme a aceptar lo que ha sucedido. Tal vez puedo puedo hacer las cosas de la manera que yo quiero, ser la persona que quiero ser.

Tu mirada se encuentra con la suya y ambos sonríen. Sientes las mejillas calientes. Antes de que puedas pensar o preguntar, te pones de pie y te acercas a él, abreviando el espacio entre ustedes, tus rodillas a centímetros de las suyas. Tomas su mano, y sus dedos se entrelazan.

–¿Estás diciendo que te gusto, Ben?

Deja caer la cabeza hacia atrás, mirándote hacia arriba, y entonces aparece esa sonrisa de nuevo, brillante, deslumbrante.

–Supongo, ajá. Me gustas.

Se pone de pie, acercándose a ti. En unos pocos pasos estás contra la pared. Dejas que su mano recorra tu nuca. Traza el contorno de tu mandíbula, sus dedos acarician tu mentón. Su otra mano aún se encuentra entre las tuyas. Te estrecha con más fuerza mientras se inclina sobre ti, pone su boca contra la tuya, empujando tu cabeza hacia atrás.

Adonde quiera que vayas, él está ahí. Te sostiene contra su cuerpo, sus labios se mueven por tus mejillas, tocan tus párpados. Hace una pausa para correr el cuello de tu blusa hacia abajo y besar tu hombro, solo una vez.

Dejas que tus dedos se deslicen por su espalda metiéndose por debajo de su camisa, ahí donde su piel es lisa y suave. Él traslada ambas manos a tus caderas, alzándote en un solo movimiento rápido. Se da la vuelta, haciéndote girar en el interior de la fresca habitación del motel hasta colocarte en una de las camas gemelas.

Tú permaneces recostada, observando cómo se quita la camisa. Es alto y delgado, sus músculos fibrosos, su piel todavía está bronceada y llena de pecas del verano. Coloca una mano a cada lado de tu cabeza y desciende sobre ti, besándote de nuevo.

–Creí que querías tu propia cama –dices.

Él ríe, su aliento en tu pelo. Cuando tus ojos se encuentran con los suyos puedes ver cada mota de azul y de gris en sus iris.

–Cambié de opinión.

–¿Estás seguro? No quisiera aprovecharme de ti...

Su mano se dirige hacia tu cintura y empuja tu blusa hacia arriba para sacártela por la cabeza; luego de quitarte el bra deportivo, sus dedos se dirigen a la cintura de tus pantalones.

–Creo que voy a estar bien –dice.

Tú sigues susurrándole, preguntando "¿Estás bien?... ¿qué tal ahora?", mientras su boca se mueve hacia tu oreja. Una mano está en tus costillas, deslizándose hacia arriba, amasando tu pecho.

–Estoy bien. Estoy más que bien... –repite. Luego sonríe, hundiendo su rostro en tu cuello.

———————

Estás medio dormida, reconfortada por la sensación de Ben trazando una línea entre tus omóplatos, su dedo bajando por tu columna, encima de cada vértebra, circulando una y luego la siguiente. Llevas las mantas hacia ti. Tus ojos están cerrados. Escuchas el ritmo de su respiración, cómo disminuye, luego cambia, haciendo una pausa, como si quisiera decir algo.

–Podríamos ir a algún lado –dice finalmente; su voz es apenas un murmullo–. Podría convenirte salir de la ciudad.

–¿Qué quieres decir?

–Podríamos comenzar de nuevo. Cualquier cosa que hayamos hecho... Quienquiera que hayamos sido, o no hayamos sido... no tendrá importancia.

—¿Empezar de nuevo? —te das vuelta, clavando la vista en el techo. Él observa un lado de tu rostro, esperando. Sonríe.

—Ajá —dice—. Quizá por un tiempo. Sería más seguro.

Lo miras mientras tanteas en busca de su mano bajo las mantas, hasta colocarla junto a tu corazón. Te acercas un poco más; dejas que tu nuca descanse sobre su pecho. Su aliento te reconforta mientras cierras los ojos.

—Empezar de nuevo…

CAPÍTULO TREINTA Y DOS

ESTÁS DE ESPALDAS *sobre el suelo. Puedes sentir las rocas y las ramas debajo de ti, una rama clavándose en tu hombro, el dolor agudo. El hombre está encima de ti. Su barbilla está cortada y la herida derrama sangre por todo su cuello. Por primera vez miras sus ojos, pequeños y de color azul pálido, que bajan al tiempo que pone sus manos en tu cuello.*

Tu garganta se cierra. Sus dedos se clavan en tu piel y tú agarras sus muñecas, pero no sirve de nada. Rasguñas, pero él sigue apretando. Se puede ver cada músculo de sus brazos. Las venas se alzan debajo de su piel. Tiene las rodillas apoyadas en ambos lados de tu cadera. Mientras te clava contra la tierra, la sangre de su barbilla gotea en tu frente.

Tus ojos se cierran. Todo el aire de tus pulmones se ha agotado.

Tu cuerpo está vacío, notas que te retuerces al tiempo que abres los labios intentando tomar aire. Sientes que te estás rindiendo, que tus manos se debilitan.

De pronto, sus manos te sueltan y tú jadeas, respirando tanto aire como puedes. Tu cara está cubierta de sangre. Cuando levantas la vista ves al chico detrás de él. Sostiene una rama gruesa, afilada en uno de sus extremos, la corteza manchada de negro. El hombre se desploma sobre tus piernas. De su nuca mana sangre y puedes sentir su tibieza empapando tu ropa.

Lo empujas para quitártelo de encima. Cuando te pones de pie, te das cuenta de que tu tobillo está hinchado y torcido. El muchacho coloca su hombro debajo de tu brazo y empieza a correr, llevándote consigo. Sigue mirando hacia atrás, hacia el bosque.

–Tenemos que irnos –dice–. Ya vienen.

Vuelves la cabeza hacia donde él mira y escuchas el primer disparo.

2:23 A.M. Tu corazón está vivo en tu pecho. La luz del farol fuera del motel se filtra a través de las persianas. Ben está durmiendo a tu lado, su brazo aún estirado, sus dedos abiertos, buscando los tuyos. Te levantas de la cama con cuidado para no despertarlo.

El hombre estaba allí, en la isla. Lo conociste antes. Cuando cierras los ojos todavía puedes sentirlo, el pánico creciente a medida que te ahorcaba, el aire atrapado en tu pecho. Todavía puedes ver la cicatriz retorcida que divide su mentón. Te ha cazado antes.

Sacas la libreta de la mochila de lona tirada en el piso. Retenerlo en tu mente, con el sueño aún fresco, es suficiente para decirte lo que quieres saber. Abres una página y escribes:

–El hombre de la pistola trató de matarte antes.

–Te cazó en el bosque (¿la isla?).

–El chico estaba allí contigo. Él te salvó del cazador.

Te cruzas de brazos, mirando la página, asimilando todo lo que ello significa. Has sido cazada antes por este hombre. Ustedes tres existían en algún lugar antes de esto. Ustedes tres... eso significa que *el chico* es real. ¿Dónde está ahora? ¿Sigue vivo?

Anotas los detalles de la cicatriz del cazador, el extraño ángulo con que corta su barbilla. Él sigue en Los Angeles, esperando a que vuelvas, esperando otra oportunidad.

Puedes irte con Ben a otro lugar, pero siempre estarás preguntándote si te seguirá hasta allí. Quienquiera que sea, dondequiera que esté, no hay seguridad si él está vivo. Tienes que encontrarlo.

CAPÍTULO TREINTA Y TRES

EL BARRIO SURGE ante tu vista. Reconoces unas cuantas casas en la esquina, una densa buganvilla cubriendo la fachada, otra con una ventana con vitral en el frente. Mientras Ben conduce, los letreros de la vía rápida van indicando los kilómetros hasta Los Angeles, y tú sigues guardando silencio, todo va volviendo a tu memoria. La mujer que te siguió. El garaje donde encontraste el cuerpo de Iván. El hombre de la pistola.

Mientras Ben gira hacia el camino de acceso, su iPhone suena, la pantalla en el centro del tablero parpadea diciendo *Mamá*.

–Mierda; tengo que contestar…

Se estaciona, toma el teléfono y baja del auto; cruza la calle al jardín de enfrente. "Hola, lo sé, lo siento", dice inmediatamente, y su voz se va alejando. Tomas la mochila del asiento trasero y rodeas la parte trasera de la casa, sabiendo que tienes que encontrar otra vez a Celia Álvarez para hablar con ella. No ha habido noticia alguna acerca de aquel edificio o del descubrimiento del cuerpo de Iván, y tampoco hay información sobre la mujer a la que le dispararon debajo de la autopista elevada. Necesitas saber qué sabe, qué ha descubierto.

Cabe la posibilidad de que ya hayan reemplazado a Iván, de que haya alguien más siguiéndote, vigilando tus movimientos.

¿De qué otra manera te encontró el cazador cuando saliste con Izzy? Pero no traes nada encima, ya revisaste cada bolsillo de tus pantalones, las costuras de las camisetas, las páginas de la libreta.

Encuentras la llave de repuesto, y tan pronto entras en la casa te diriges a la computadora de Ben y abres un mapa. Garabateas las instrucciones en una servilleta de papel, cuando finalmente Ben baja las escaleras.

−¿Qué?, ¿acaso estamos en 1995? Tenemos que conseguirte un teléfono inteligente −dice riendo.

−¿Todo está bien? ¿Qué te dijo?

−Tengo que ir a verla hoy. Dejó un montón de mensajes mientras estábamos en Cabazon y supongo que se está poniendo nerviosa. Un maestro llamó para decirle que he faltado mucho a la escuela. Solo hace falta que me presente para que ella vea que todo está bien. Volveré tan pronto como pueda, en unas cuantas horas.

−Está bien. Yo quiero ir a ver a esa agente de policía hoy. Ya debe haber encontrado algo.

−¿En verdad es necesario que vayas? −pregunta Ben.

−No puedo quedarme aquí sentada, esperando a que el tipo regrese.

−Prométeme que te cuidarás.

−Siempre me cuido… todo lo que puedo…

Ben te atrae hacia él. Cuando lo dice no te mira, sino que susurra las palabras en tu cuello.

–Cuando regrese, quizá podríamos simplemente marcharnos. Vuelves la cabeza y encuentras sus ojos. Anoche asumiste que era solo un comentario, un sueño del que habían hablado pero que no llevarían a cabo.

–Ben, ¿hablabas en serio? No puedes dejar tu vida...

–¿Cuál vida? ¿Qué tengo aquí?

–Escuela. Amigos.

Ben toma un frasco de píldoras de prescripción de la mesita de centro y lo sostiene frente a ti.

–¿Amigos? Tengo conocidos que me compran drogas. A veces vienen y se quedan a ver el juego de los Dodgers y a fumar. A veces les vendo algunas de las viejas píldoras de mi mamá.

–Ben...

Rodea tus hombros con sus brazos, apoyando su mentón en tu cabeza, depositando un beso en tu coronilla... Es tan dulce que simplemente tienes ganas de llorar.

–Volveré por la tarde –dice–. Solo piénsalo. Tenemos un auto, tenemos dinero. Podemos ir a algún sitio donde no puedan encontrarte.

Cierras los ojos y te lo imaginas. Ben y tú en una playa en alguna parte, el sol brillando en lo alto, todo esto en el pasado, un recuerdo lejano. Aspiras su aroma, todo, dejando que tu rostro se hunda en su camisa. No sabes siquiera si es factible, si hay algún lugar donde no puedan hallarte. Solo hay una manera de salir de esto, lo sabes en el fondo de tus entrañas, pero no puedes decirlo en voz alta. No puedes decírselo a él.

–OK –asientes–. Lo pensaré.

CAPÍTULO TREINTA Y CUATRO

LA VENTANA ESTÁ abierta, y puedes oler la salsa dulce de cacahuate de la comida tailandesa. Ves a Celia en su cocina, sosteniendo el envase de plástico en una mano mientras lee la revista sobre la barra. Ocasionalmente mete sus palillos en los tallarines y come un pequeño bocado.

Cuando tocas a la puerta ella lleva la mano a la pistola en su cintura, antes de darse cuenta de que eres tú.

—He estado esperando que me encontraras —dice abriendo la puerta. En cuanto entras pone el cerrojo—. ¿Estás bien?

—Por ahora.

Se ve diferente aquí, en esta pequeña casa de estilo español con una serie de luces colgadas en el pórtico trasero. Su cabello oscuro enmarca su rostro. Viste camiseta con cuello en V y pantalones vaqueros, la funda de la pistola en su cadera.

—He estado preocupada por ti.

—Estoy bien… —dices, sabiendo que no es verdad. Pero eso

no importa ahora–. Necesito saber: ¿encontraste el cuerpo?

Celia se dirige a la cocina y toma una carpeta de uno de los huecos del escurridor de platos. Hay un bloc amarillo lleno de anotaciones desordenadas.

–Tenías razón… allí estaba. Van a hacerle la autopsia esta noche. Por ahora no van a dar información a los medios. Es difícil saber qué hacer con eso.

–Yo les dije qué hacer. ¿Qué otras pruebas necesitan? Ese es Iván. Te dije que se lo llevaron y ahora está muerto.

Celia deja escapar un largo suspiro.

–Yo lo sé, pero ellos no. Resulta que su nombre no era Iván. Era Alexi Karamov. Y no tenía ningún vínculo claro con criminales, ni siquiera con esa arena de peleas de perros. No pudimos encontrar a una sola persona que tuviera problemas con él.

–¿Entonces eso es todo? ¿Otro callejón sin salida?

No puedes evitar el tono áspero. Se suponía que esto demostraría lo que les has dicho, lo cual haría que te creyeran. ¿Ahora qué? ¿A dónde puedes ir?

Celia hojea las páginas y frunce el ceño.

–Tengo que preguntarte algo –dice, mirando la muñequera de cuero que Ben te prestó–. ¿Puedo ver tu brazo?

Tu garganta se tensa.

–¿Por qué? ¿Ahora qué?

–Dijiste que esta gente está cazándote, ¿correcto? –dice Celia–. Busqué registros de personas no identificadas, de asesinatos no resueltos en todo el país. Encontré dos casos diferentes, uno en Seattle y uno en Nueva York. Dos cuerpos aparecieron con la mano derecha cercenada. Ambos eran adolescentes, no mucho mayores que tú.

–Eran chicos…

–Sí, y ambos tenían antecedentes criminales. La gente dice que tal vez esté relacionado con pandillas o quizá sea un asesino serial, pero yo sé que no es así. No después de lo que me dijiste.

Te quitas el brazalete y le muestras el pájaro en la cara interna de tu muñeca. Apenas puedes hablar o siquiera respirar mientras ella lo toca con los dedos, analizando los números.

Levanta su teléfono.

–¿Puedo tomarle una foto? –asientes, y ella toma unas cuantas imágenes, haciendo acercamientos a las letras y a los números. Pensabas que podían ser tus iniciales, tu cumpleaños. Pensabas que podría haber sido algo que tú habías escogido, algo que tenía algún significado que todavía no comprendías. Pero muy dentro de ti tenías que haber sabido la verdad. Es solo un sello… Siempre fue un sello. Una forma en que ellos podían identificarte.

No eres nadie. El pensamiento está ahí y no puedes hacer que se vaya. *No eres nadie.*

Celia debe de verlo en tu cara, pues se aproxima, pone su mano en tu brazo y te acerca hacia ella.

–Vamos a resolver esto –dice–. Te lo prometo. Va a terminar pronto.

Mueves la cabeza, queriendo creerle. Retrocedes y te secas los ojos con los dedos.

–Vine porque necesito saber quiénes son.

–¿La gente que te persiguió?

–Exacto. ¿Encontraste algo? Debe haber en algún lugar algo sobre la mujer que me estaba cazando. ¿Cómo puede una persona simplemente morir en medio de Los Angeles sin dejar rastro?

–Lo sé, y he estado buscando. Revisé cada obituario y reporte de homicidios, pero… –dice por primera vez, se ve cansada.

–¿Y en el Departamento de Personas Extraviadas? Quizás alguien cercano a ella no sepa en qué estaba involucrada. Tal vez reportó su desaparición.

Celia escribe algo en el papel.

–Voy a verificarlo. Te aviso.

Luego se dirige al gabinete que está sobre el refrigerador y saca una bolsa de papel.

–Esto es lo mejor que puedo hacer por ahora –dice, al tiempo que te la entrega.

Abres la bolsa. Dentro hay otra lata de gas pimienta, una navaja de muelle y un pequeño teléfono plateado. Lo sacas y le das vueltas en la mano.

–No se puede rastrear –explica–. Puedes usarlo por treinta días: llamadas, mensajes de texto, lo que sea. Llévalo contigo. Si me entero de algo te informaré.

–Gracias –dices.

Celia toma sus llaves del mostrador de la cocina.

–Déjame llevarte a algún lado.

Tu primer impulso es decirle que no, que estarás bien, que ya ha hecho suficiente. Pero aun a plena luz del día te sientes inquieta, como si el tiempo se te agotara.

–Solo hasta la parada del autobús –dices–. Voy de regreso al este.

CAPÍTULO TREINTA Y CINCO

LAS LUCES ESTÁN apagadas en casa de Ben. Todavía no ha regresado. Una vez en el interior, sola y en silencio, no estás segura de lo que debes hacer. Podrías ducharte, podrías empacar las pocas cosas que posees, prepararte para partir con él, esperando que ellos no te encuentren a dondequiera que te dirijas. ¿En verdad es una opción?

Vas a la puerta trasera y te aproximas a la casita de la piscina. Una nota adhesiva de color rosa está pegada en la ventana del frente.

"¿*WTF?* *I*", dice con letras redondeadas.

Izzy. Cierras los ojos y puedes verla, su expresión confundida cuando huiste de ella en la calle el otro día. ¿Qué pensará de ti ahora? No debería importarte, se irá de vuelta a Nueva York, pero de todas maneras te sientes culpable en cierta forma, como si fuera un mal necesario.

Tomas la llave de repuesto que Ben te dio y cruzas al jardín vecino. Cuando llegas al porche, llamas a la puerta mientras escuchas la música que flota en el interior de la casa. Mims abre la puerta. Tiene los ojos azules más claros que has visto, lo cual te da la sensación de que mira a través de ti. Su rostro se ve relajado. Sonríe sin sonreír.

–Tú debes ser Sunny –dice–; Izzy me contó de ti.

Pone una mano en tu hombro y te conduce al interior.

La casa está llena de luz. Hay un aparato de sonido en un rincón, que toca una música suave que no reconoces. Ves una tabla de picar con rebanadas de manzana y zanahoria dispersas sobre ella.

Mims echa un puñado en el extractor de jugos.

–Solo vine a salu…

–Eres amiga de Ben, ¿verdad? Es lindo que ella conozca a algunas personas cuando viene de visita.

–Ajá –sonríes forzadamente, preguntándote dónde estarás cuando Izzy regrese a Los Angeles. Si seguirás por aquí. Si seguirás viva–. ¿Está en casa?

–Allá dentro.

Mims señala un pasillo que parte de la sala de estar. Su casa es más pequeña que la de Ben. Una mesa de centro baja está rodeada de almohadones coloridos para que la gente se siente en el suelo. En la esquina de la estancia hay unas estatuas en un pequeño altar. Elefantes y budas se apiñan en el librero y el marco de la ventana.

Te diriges al fondo del pasillo, y tan pronto llegas a la puerta de Izzy percibes el olor: una mezcla de incienso y mota. No te molestas en tocar.

–¿Qué demonios…? –apaga un porro en el cenicero–. ¿De dónde saliste?

–Lamento lo del otro día.

Izzy se quita la negra cabellera del rostro anudándola en lo alto de la cabeza, dejando al descubierto el costado rasurado. Dobla las piernas hacia su cuerpo y te clava la mirada con ojos fríos, sin parpadear.

–Deberías. Huiste de mí.

–Me asusté.

–¿Por qué? –Izzy ríe–. Fue muy extraño, y me gusta lo extraño, pero eso fue demasiado extraño, incluso para mí.

Izzy se ve rara aquí, en la habitación de huéspedes, con una colcha blanca y una manta verde azulado a los pies de la cama. Las paredes están desnudas. Su ropa y sus cosas están apiladas en sillas y en el piso.

–Solo quería despedirme.

No te quita los ojos de encima. Palmea los pies de la cama, indicándote que te sientes.

–Supongo que me vas a dejar en suspenso, ¿eh? Sé que solo pasamos dos días juntas, pero no soy tan idiota. Sé que algo está sucediendo.

–No puedo, Izzy.

–Entiendo. Pero al menos deberías saber algo antes de que te vayas… –hace una pausa–. Te vi.

Lo primero que se te ocurre es la foto de vigilancia, pero luego te sientes confundida. El rostro de Izzy no revela gran cosa. Ella pellizca la punta de su piercing y lo hace girar, en un sentido y en otro, entre los dedos.

–No sé de qué hablas.

–Te vi aquel día en la piscina. Ibas a robarte mi cartera.

Tomas una bocanada, pero no logras inhalar suficiente aire. Darías cualquier cosa por desaparecer en este instante, por cerrar los ojos y esfumarte, lejos de esta habitación, de la mirada penetrante de Izzy. Te das vuelta.

–No sé qué decirte…

–No te lo digo para que te sientas miserable. Te lo digo porque no pareces el tipo de persona que robaría, a menos que realmente lo necesitaras –Izzy se inclina hacia el cajón de la mesita de noche. Saca unos cuantos billetes de veinte dólares de su cartera y te los ofrece–. Es todo lo que tengo. Tómalo.

–Izzy… no, por favor –es difícil mirarla siquiera. Clavas la vista en el piso, en el montón de botellas de alcohol que asoman por debajo de la cama y en las prendas arrugadas, en cualquier cosa menos en ella. Sientes como si te estuvieras encogiendo.

–No es la gran cosa. Solo tómalo. Lo necesitas, así que tómalo.

Todo tu cuerpo se ruboriza, la habitación se siente más caliente que nunca.

De todas las veces que has huido, quisieras hacerlo ahora, largarte, no regresar jamás. Estás mirando tus pies cuando escuchas un tintineo bajo.

–¿Qué es eso? –preguntas.

–No es mío –dice Izzy, y señala tu bolsillo.

Palpas tu cadera, recordando el celular que te dio Celia. Cuando lo sacas, tiene un mensaje de texto.

Ninguna persona desaparecida concuerda con el período, pero encontré un reporte de un auto abandonado desde hace días en un lote en Riverside. Registrado a nombre de una mujer de cuarenta y pocos años. El esposo dice que está de viaje de trabajo y vino a reclamar el auto, pero me pareció extraño. Aquí hay una foto de la dueña, Hilary Goss. ¿Es la mujer que te persiguió?

Recorres la foto hacia abajo; la mujer tiene cabello y ojos castaños. Te está mirando, su rostro es tan nítido como aquel día en el callejón. Está maquillada y lleva el medallón de plata en el cuello. La reconocerías en cualquier parte.

Izzy continúa observándote.

—En serio, ¿desde cuándo tienes teléfono?

—Necesito tu computadora —te levantas de la cama y revuelves entre las prendas de la silla, buscando su laptop.

Ella la saca de la mesita de noche y te la entrega.

—¿Por qué?

La abres y tecleas el nombre del mensaje de Celia. *Hilary Goss.* Agregas Los Angeles; tus manos tiemblan.

—¿Qué demonios sucede? Me estás asustando.

Recorres la pantalla hacia abajo, y por un momento tus pulmones se endurecen; la presión en tu pecho no se parece a nada que hayas sentido antes. Un artículo de *Los Angeles Times* habla de una subasta de beneficencia. Revisas el pie de foto dos veces, sin querer creerlo. "Hilary y Henry Goss organizan una subasta de caridad en su hogar en Los Feliz". Están de pie enfrente de su casa, ella con un vestido de verano, él con camisa planchada y corbata. Sonríen. No puedes dejar de mirarlo. Tiene los mismos ojos. El mismo rostro pálido y anguloso. La misma cicatriz torcida que le parte el mentón.

Henry Goss es el hombre que te está cazando.

Su dirección se menciona en la noticia. En minutos ya tienes la ruta trazada. Su casa no puede estar a más de tres kilómetros, quizá menos. Deberías poder reconocerlo por el retrato.

–Lo siento; tengo que irme –le entregas a Izzy la computadora, tratando de contener el temblor de tus manos. Cuando te pones de pie para irte, ella te sigue.

–¿Cómo que te vas?, ¿qué ocurre?

En unos cuantos pasos ya estás en el pasillo, más allá de la sala de estar y rumbo a la puerta. Resulta patético, pero de todos modos dices "nada".

Escuchas cómo se detiene al final del pasillo. Sus ojos están sobre tu espalda, como si una simple mirada pudiera hacer que des media vuelta.

Sigues avanzando, cruzando la sala vacía. La puerta se cierra detrás de ti.

CAPÍTULO TREINTA Y SEIS

LA CASA ESTÁ rodeada por una cerca metálica alta. La cámara de vigilancia apunta hacia la entrada. Te mantienes detrás de ella, moviéndote pegada a la pared, hasta un limonero que da hacia la propiedad.

Trepas por el tronco del árbol, sujetándote del follaje. Se dobla, sus ramas se arquean, lo que te dificulta avanzar. Abajo, el jardín está vacío. No hay cámaras en esta parte de la casa. Aún colgada, apoyas el pie arriba de la reja de metal. Son casi cinco metros de altura.

La caída es dura, una punzada de dolor sube por tu tobillo.

El sol se refleja en las ventanas y es imposible saber si las luces están encendidas, si hay alguien dentro. Es una enorme casa de campo estilo español, con muros de estuco rústico y techo de tejas de barro. Das vuelta por la parte trasera, donde una cascada artificial cae sobre las rocas de un estanque. Sientes la navaja en tu bolsillo.

Las puertas corredizas de la parte trasera están cerradas. Al pegar la cara contra el vidrio puedes ver que la cocina está vacía.

Las superficies están vacías. La mesa no tiene una sola cosa encima. A la vuelta hay otra puerta con ventana en la mitad superior. Los cristales miden apenas quince centímetros por diez; uno de ellos está justo al lado del picaporte. Agarras una piedra en un jardín a unos pocos metros y apuntas al delgado cristal. Con un golpe rápido se rompe y tu mano ya está dentro, abriendo el cerrojo.

No hay alarma, al menos no una que se oiga. Estás consciente de que podrías tener solo diez minutos, quizá menos, de que debes moverte tan rápido como sea posible. La casa está en silencio. A la derecha de la cocina hay una enorme sala con un sofá de piel, sillas y una alfombra de cebra. Sobre la chimenea está empotrada la cabeza de un felino moteado. Te acercas para examinarlo. Solo cuando lo tocas estás segura de que es real. ¿Cuánto tiempo han estado cazando? ¿Dónde? ¿En qué momento matar animales dejó de ser suficiente para ellos?

El cubo de la escalera está cubierto de documentos enmarcados. Hay varios diplomas de escuelas de negocios, títulos de estudios de leyes y reconocimientos profesionales. Subes por las escaleras zigzagueantes a un salón. Hay una vitrina al fondo de un largo corredor. Está llena de armas de diferentes tamaños, algunos rifles, varias pistolas, como la que aquella mujer, Hilary Goss, llevaba el día que te persiguió.

Pasas por dos recámaras. No hay nada en las cómodas de la primera ni de la segunda. Las camas están arregladas, los clósets vacíos, excepto por algunas viejas maletas. Cruzas el salón hacia una oficina que da al patio del frente. Hay papeles apilados en el escritorio. Los revisas, buscando algo que te diga más acerca del juego.

Hay facturas y contratos, muchos de los cuales parecen estar relacionados con el negocio de Hilary Goss. Por lo que puedes ver, trabajaba en una empresa financiera, el membrete de una compañía llamada Robertson Arthur; algunos detallan una fusión reciente.

Todo es lo mismo, papel tras papel. Todos los archiveros están cerrados. Hay un reconocimiento de cristal sobre la repisa de la ventana, con fecha de menos de dos semanas atrás, dedicado a ella. HILARY GOSS. RECONOCIMIENTO AL DESEMPEÑO SOBRESALIENTE, dice.

Te diriges a la recámara principal. Abres los cajones del tocador y los tiras, hurgando entre camisetas y calcetines. Revisas cada uno, de arriba abajo, pero no hay nada más que ropa. Recorres los clósets, haciendo a un lado los ganchos. Tomas montones de suéteres, buscas debajo de los anaqueles, deslizas los dedos a lo largo de cada borde para ver si pasaste algo por alto.

Vuelves a revisar un anaquel y tu mano se detiene en unos pantalones. Están cuidadosamente doblados. No se mueven. Los empujas y los jalas, sin lograr sacarlos de la repisa. Pero cuando los levantas se acciona una palanca. Son parte de un compartimento secreto en la repisa superior.

Tomas un sillón de la esquina y lo mueves hacia el clóset para subirte en él. Desde arriba puedes ver el hueco en la repisa. Los pantalones están fijos a una delgada pieza de madera que se levanta. Al hacerla a un lado descubres un sobre amarillo.

Te sientas en el piso, sosteniendo el sobre como si estuviera hecho de cristal. Hay otra carpeta con un logotipo: Empresas A&A. Vacías primero el sobre; las fotos en papel satinado se desparraman por el piso. Eres tú. La primera es solo de tu cara, con el cabello recogido, tu labio superior hinchado y sangrante. Estás mirando directamente a la cámara, pero no tienes recuerdo alguno de cuándo o dónde fue tomada. Las dos siguientes son primeros planos de tus cicatrices: la del cuello, y la que tiene forma de luna creciente, cerca de tu tobillo izquierdo. El tercer acercamiento es del tatuaje en tu muñeca. Todas tienen la etiqueta *Blackbird*. Todas tienen el logotipo de Empresas A&A en la parte superior.

En el reverso de la primera hay un párrafo impreso.

> Blackbird: blanco de Los Angeles
> Blackbird ha sido uno de los blancos más esquivos. Sobrevivió los quince días en la isla, hizo alianza con otro blanco e hirió a dos cazadores. Es inteligente y astuta. Increíblemente rápida, ha dejado atrás a cada cazador que la ha perseguido. Sus habilidades incluyen: rastreo, manejo de cuchillo y desarme.

Revisas la carpeta, tratando de encontrar más información sobre tus antecedentes. No hay nada. Ninguna explicación sobre quién eres, nada que aclare de dónde vienes. ¿Dónde está la isla? ¿La "alianza con otro blanco" tiene que ver con el chico que te salvó? La carpeta está llena de documentos. No hay tiempo para leerlos todos. Les echas un vistazo y encuentras un contrato entre Hilary Goss, Henry Goss y la compañía. Pero es la carta que está detrás la que hace que se te ericen los vellos de los brazos.

Ves el membrete de Empresas A&A. Está dirigida solo a

Henry, la fecha es de hace menos de una semana. *Debido a las circunstancias de la muerte de su esposa y a sus antecedentes con el blanco en la isla, su solicitud ha sido autorizada. Usted ha sido reasignado a "Blackbird". De acuerdo con su Vigilante, se encuentra en buenas condiciones físicas y mentales. La cacería se reanudará el 21 de septiembre a la medianoche. Espere noticias de su Organizador, quien le proporcionará información relacionada con la ubicación del blanco.*

Tu estómago se contrae, tus manos están pálidas y frías. Iván era tu Organizador, te seguía a distintos lugares y reportaba tu ubicación. Eras el blanco de Hilary, pero cuando ella fue asesinada, te asignaron a su esposo, él *pidió* que te asignaran a él. Pero, ¿quién es el Vigilante? ¿El hombre de sombrero negro, a quien Iván se reportaba? ¿Cómo te encontró el cazador la segunda vez, ese día que estabas caminando con Izzy? Piensas en todos los que encontraste en ese paseo, en el hombre que ofrecía las pruebas gratuitas de estrés, y entonces te das cuenta: esa chica frente a la tienda de comida saludable le dio un cupón a Izzy. Estaba en el bolsillo de Izzy mientras caminaban. Así debieron de haberte rastreado.

Te detienes cuando escuchas un ruido escaleras abajo. Miras a tu alrededor y de pronto te percatas de todas las ventanas que hay en la habitación. Hay una puerta abierta justo detrás de ti, un baño a tu izquierda.

Enrollas los papeles y los metes en la parte trasera de tus pantalones vaqueros. Luego echas mano a la navaja.

CAPÍTULO TREINTA Y SIETE

TE DIRIGES AL fondo del pasillo cuando escuchas una voz familiar.

–¿Qué demonios...?

Izzy está parada en lo alto de las escaleras. Echa un vistazo alrededor, estudiando la recámara principal, los cajones volteados y las prendas regadas por el suelo.

–¿Esto es lo que tenías que hacer? ¿Esto es lo que no podía esperar? ¿Tenías que venir a robar a estas personas?

–Izzy, tenemos que salir de aquí –dices.

–Ajá, seguro que tenemos que hacerlo. ¿Esto es lo que has estado haciendo? ¿Saqueando casas?

Ni siquiera ha terminado la oración cuando lo escuchas. El chirrido de metal de la cerca que se abre. Te vuelves hacia la oficina, mirando hacia el camino de entrada. Su auto, el mismo Mercedes negro que te siguió, avanza hasta detenerse justo pasando la puerta del frente. Te vuelves hacia Izzy, la agarras del brazo y la llevas hacia las escaleras.

—Solo ven conmigo —dices—. No digas nada. No hagas ruido.

—¿Qué sucede? —su brazo se siente tenso bajo tu mano—. ¿Qué sucede?

Te vuelves de nuevo, mirando hacia afuera por la ventana, pero el auto está vacío. Se escucha el sonido de la llave en la cerradura. Luego, la puerta de la planta baja se abre.

—Él está aquí.

—¿Conoces a esta gente? —susurra Izzy.

No hay tiempo. La guías hasta el clóset del pasillo, colocando un dedo sobre tus labios. Apenas has podido dar unos cuantos pasos antes de que él aparezca al pie de las escaleras. Se levanta la pernera del pantalón, sacando una pequeña pistola de una funda que traía oculta en la pantorrilla. Sin embargo, no te apunta. No se precipita hacia las escaleras. Solo sonríe, como si te hubiera estado esperando todo este tiempo.

—¿Me extrañaste? —pregunta.

Sube las escaleras lentamente, en tu dirección. Estás consciente de que Izzy se encuentra en el clóset justo detrás de ti. No puedes dejarla ahí. Mantienes tu cuerpo ubicado entre él y la puerta del clóset, sabiendo que necesitas alejarlo de ahí.

—Recuerdo lo que hiciste en la isla —dices, consciente del cuchillo en tu cadera. Él no está suficientemente cerca todavía como para que puedas usarlo—. Te cortaste la barbilla. Me estabas asfixiando. Me acuerdo de ti.

Goss sacude la cabeza.

—He escuchado que algunos de ustedes están recuperando la memoria. He tratado de verlo como un incentivo para matarlos más rápido, antes de que surjan complicaciones.

—Entonces, hazlo —dices—. Si me quieres muerta, ¿por qué esperar un solo segundo más?

—Porque siempre es la parte más triste —dice—. Justo al final. Todo ese tiempo, toda esa espera... se acaba. Y habrá una satisfacción, por supuesto, pero el disfrute está en el proceso.

Llega a la parte alta de las escaleras, recargándose de manera casual en el barandal, a solo unos metros de ti. Su arma continúa en su mano, apuntando justo debajo de tu corazón.

—¿Así que te acuerdas de la isla? Te seguí la pista durante cinco días, justo al final. Todo el mundo decía que nadie podía abatirte, pero yo sabía que casi te tenía. Lo sentía cerca. Había descubierto dónde te habías estado quedando con ese chico, esa guarida que hicieron. Solo estaba unas cuantas horas detrás de ti.

—¿El chico?

Goss ríe.

—No lo trajiste, ¿verdad? En aquel entonces solías trabajar en pareja. Cal cree que esa fue la única razón por la que sobreviviste.

Él avanza dos pasos más. Tú retrocedes ligeramente, ocultándole tu costado derecho. Llevas tu mano hacia tu cadera, tanteando el borde del cuchillo.

—Sobreviví de nuevo aquí. Dos veces.

—Es más difícil matar aquí, tú lo sabes. Demasiadas posibilidades de que la gente lo vea. Pero en la isla se sentía... desenfrenado. Había total libertad. Te seguí la pista hacia el extremo norte. Tú estabas abajo, en aquellas rocas, durmiendo; ahí fue donde te encontré. *¿La mato mientras duerme? ¿O espero a que me vea, para conocer ese miedo, para ver en verdad cómo sucede?* Disparé abajo, hacia las rocas, para despertarte. Pero fue una equivocación.

Para cuando disparé de nuevo ya estabas de pie, saltando del risco.

Ahora está más cerca. La pistola todavía te apunta. Podrías acortar el espacio en tres pasos. Estás tratando de calcular qué tan rápido puedes golpear, qué tan efectivamente, cuando detrás de ti se escucha un golpe dentro del clóset. Los ojos de Goss se trasladan a la puerta.

No duda. Levanta el arma y dispara una vez, apuntando al centro. Escuchas el grito ahogado de Izzy, y algo en tu interior se quiebra. Arremetes, enterrando el cuchillo en su costado.

El trastabilla hacia atrás, perdiendo el equilibrio, resbalando por la escalera. Una de sus piernas no resiste, y cae deslizándose sobre su costado. En la curva de las escaleras su trayectoria se desvía hacia la pared, y la golpea con la cabeza.

Abres la puerta del clóset. Izzy está desplomada en el rincón, presionando su mano sobre su costado, sus dedos cubiertos de sangre. Hay un pequeño agujero en su camiseta, justo debajo de sus costillas.

Metes tu hombro debajo de su brazo, empujando para ponerla de pie. Al otro extremo del pasillo hay una escalera estrecha. Te diriges hacia allá mientras escuchas a Goss abajo, sus aturdidos murmullos mientras se recupera.

—Tienes que tratar de caminar —dices—. Sé que es difícil, pero inténtalo.

La conduces apresuradamente por la estrecha escalera hacia un vestíbulo lateral. Ahora estás en la parte trasera de la casa, y el jardín ofrece cierto resguardo. Avanzan hacia la reja, más abajo, la cual conduce a la ladera de la colina.

Escuchas que una puerta se abre en algún sitio detrás de ti. Está nuevamente de pie; te está siguiendo. Cargas a Izzy, sus 50 kilos completitos, y corres lo más rápido que puedes, sintiendo cómo los papeles caen de tu bolsillo trasero. No hay tiempo. Empujas la reja metálica y corres colina abajo.

Escuchas que Goss rodea corriendo un costado de la casa, tratando de descubrir por dónde se han ido.

—Jamás lo lograremos —dice Izzy.

Se levanta la ropa, estudiando la herida, palpándola con los dedos como si no estuviera segura de que es real. Sacudes la cabeza y sigues moviéndote, deseando haber sido tú. Debiste haber sido tú.

La casa está en una colina, y te abres paso hacia un camino de terracería que conduce hacia abajo. Es tan escarpado que te resbalas. En la parte trasera de la propiedad hay eucaliptos, sus troncos se alzan hacia el cielo. No lo oyes detrás de ti. ¿Habrá ido por el otro lado?

Tan pronto se encuentran a un costado de la reja, fuera de su vista, pones a Izzy en el suelo. Ella se recarga en un árbol, su mano aún presionando la herida. El pelo se le adhiere a la piel. Su rostro está desfigurado por la preocupación; su respiración es áspera. Al verla, sabes que ella podría morir aquí. Ella morirá aquí si no haces algo.

—Vas a estar bien. Él me quiere a mí, no a ti —dices—. Voy a buscar ayuda. Sigue presionándola. No te muevas; quédate despierta.

Pones tu mano sobre la suya, presionando sobre la herida. Una mancha roja se extiende entre sus dedos. La camiseta está totalmente empapada.

—Voy a conseguir ayuda —repites—. Lo prometo, Izzy.

Ella asiente débilmente antes de cerrar los ojos.

Corres, ascendiendo la escarpada colina tan rápido como puedes. Te arde hasta el último músculo de las piernas, pero continúas, serpenteando hasta que llegas al camino. No te detienes. Estiras el cuello y él aparece detrás de ti, a unos 90 metros. Está al cabo del camino de entrada, esperando.

CAPÍTULO TREINTA Y OCHO

ESTÁ A PUNTO de disparar cuando giras rápidamente a la izquierda, hacia un jardín vecino. Saltas un muro bajo de piedra, tus zapatos deportivos resbalan en la vereda de tierra. Te agarras de las hierbas y las enredaderas tratando de mantenerte en pie, pero es inútil. Caes, derrapando, las rocas lacerando tus piernas. Al caer sujetas las raíces de un árbol seco. Te sostienes allí y miras hacia atrás. Arriba de ti, el muro está desierto. No te ha seguido.

Terminas de bajar. Tus manos se sujetan de ramas, se cuelgan de raíces secas, los pies se apoyan en los huecos y bordes en la roca. Cuando llegas calle abajo, está desierto. No hay un solo auto estacionado. Cada casa está detrás de una enorme reja, tan lejos que ni siquiera puedes verlas.

Sacas del bolsillo el teléfono que Celia te dio, agradecida por él, por este regalo, por su ayuda. En cuando la operadora contesta tú hablas, las palabras fluyen una tras otra en una retahíla sin resuello. "Le dispararon a mi amiga. Está en Avenida Glendower número 2187, detrás de la casa, cerca del fondo del patio. Está sangrando mucho. Necesita ayuda ahora".

No puedes esperar la respuesta. Cuando estás segura de que tienen la información, cuelgas y sigues avanzando. La casa de Ben está varios kilómetros al este, y sabes que puedes superar a Goss una vez que llegues a algún lugar donde haya más gente, donde no pueda dispararte sin ser visto. Solo tienes que llegar al boulevard, dos veredas abajo.

Corres siguiendo el borde de la calle. Has avanzado unos cuantos minutos, cuando lo escuchas detrás de ti. Miras; también viene corriendo por el borde de la calle. Ahora lleva puesto un sombrero y gafas oscuras. Cortas camino tratando de eludirlo, cuando él apunta.

Corres a toda velocidad por el pavimento, y dudas cuando pasan algunos segundos y él no ha disparado. Entonces escuchas el motor detrás de ti. Volteas. Una camioneta roja se ha detenido frente a una entrada.

A un lado tiene un rótulo que dice VIAJES STARGAZER. En su interior, un hombre con un micrófono recorre el pasillo entre los asientos, señalando la casa que está al otro lado de la cerca. Menciona a alguna estrella de películas de acción, luego dice algo más que hace reír a la gente. Detrás de él, Goss se ha detenido junto a otro buzón. Su pistola está oculta. Camina hacia ti lenta, metódicamente. La camioneta no se mueve.

Sabes que es tu oportunidad. Mientras la gente gira para mirar la casa, corres. No miras atrás. Solo sigues hasta que la calle te conduce abajo, al boulevard, el bullicio del tránsito a tu lado.

Cuando regresas a casa de Ben, él no está. Quieres esperarlo, explicarle, pero no hay tiempo.

Hurgas en sus cajones en busca de cheques, dinero en efectivo, cualquier cosa que puedas usar. Hay dos tarjetas de crédito. Las guardas en tu bolsillo; suficientes para tomar un taxi o comprar un boleto de avión fuera de Los Angeles. Piensas en la foto, en la etiqueta que dice *blanco de Los Angeles*. Hay otros blancos en otras ciudades, cacerías en curso en todo el país, quizás alrededor del mundo. ¿Dónde están esos blancos ahora? ¿Alguno de ellos recuerda qué le pasó? ¿Alguno sabe en qué está atrapado?

El juego es elaborado; la red, enorme; ahora lo comprendes. Goss es solo uno de muchos cazadores. Necesitas salir de aquí, necesitas sobrevivir lo suficiente para planear tu siguiente movimiento.

Hay unos cuantos dólares perdidos en el fondo del cajón. Los tomas, además de un frasco de monedas que está junto al sofá. Cuando te lo pones bajo el brazo sientes náuseas. Imaginas a Ben ahí, descubriendo que no está, que tú te lo llevaste.

Casi has llegado a la puerta trasera cuando ves su computadora sobre la mesa de la cocina. La idea de no decir nada, de no despedirse... es demasiado. La abres para escribirle una nota.

Buscas en la pantalla un documento en el cual escribir, cuando de pronto la descubres.

Una carpeta en la esquina del escritorio con la etiqueta *EAA*.

EAA.

Empresas A&A.

La abres y dentro hay cientos de documentos. Haces clic en una imagen tuya: la misma que Goss tenía en su casa. Miras fijamente a la cámara. Te ves medio muerta. Estás mirando a la cámara. Sientes que te mueres.

La habitación se siente más pequeña, las paredes se precipitan hacia ti. Es tan difícil respirar. Piensas en el archivo. *El Vigilante.* Ben lo sabe desde el principio. Él trabaja para la gente que está detrás de ti. La gente que intenta asesinarte. Él es tu Vigilante.

No estás segura de cuánto tiempo has estado sentada ahí, cuando la cerradura gira. La puerta se abre. Luego entra Ben, todo sonrisas.

–Hola, preciosa.

CAPÍTULO TREINTA Y NUEVE

–QUÉ BUENO QUE fui –dice Ben, arrojando sus llaves sobre la mesa de la entrada–. Estaba molesta de que no hubiera respondido el teléfono, molesta por todo el asunto de la escuela. Le aseguré que estoy bien. Voy a regresar dentro de tres semanas, cuando la dejen salir. Hasta entonces… soy tuyo.

Apoya las manos en tus hombros y sus dedos recorren tu piel, masajeando los músculos. Pero tú estás congelada bajo su caricia. Solo estás pendiente de qué tan cerca están sus manos de tu cuello, la distancia entre la mesa de la cocina y la puerta.

–¿Qué sucede? –él se inclina, observando tu rostro–. Todo va a salir bien, lo prometo. Podemos irnos ahora, solo necesito un minuto o dos.

Te incorporas, deslizándote por debajo de él.

–Es solo que hay mucho que procesar –dices–. Eso es todo. Solo déjame ir a recoger mi mochila a la casa de la piscina.

No volteas a mirarlo cuando sales. No puedes. En vez de eso te diriges a la puerta; ya estás casi fuera de la cocina; casi en el pasillo.

–¿De qué se trata todo esto? –pregunta sacando el frasco de vidrio lleno de monedas de debajo de la mesa–. ¿Ibas a llevar esto? ¿Qué está pasando?

Te detienes en el marco de la puerta, debatiendo si deberías tratar de explicar. Él está estudiando tu rostro. Luego, como si en ese momento acabara de comprender, mira hacia abajo, a la computadora sobre la mesa, y luego otra vez a ti. Levanta la tapa. Tu imagen sigue ahí, abierta en el escritorio. Le clava la mirada. Te diriges hacia la puerta trasera, pero él va detrás de ti.

–No es lo que piensas –dice–. Por favor, solo escúchame.

Llegas a la puerta, pero él pone la mano contra el marco, impidiendo que se cierre. Tú empujas, aplastándole los dedos. Empujas la puerta de nuevo, sobresaltándote cada vez que golpea. Y en cada ocasión escuchas su piel y sus huesos crujir entre la puerta y el marco. Pero luego, finalmente, él desiste. Saltas el cerco hacia otro jardín. Sigues corriendo, zigzagueando por una zona boscosa, sin detenerte hasta que llegas de nuevo a la calle.

CAPÍTULO CUARENTA

TAN PRONTO CRUZA la puerta, comienza su rutina. Inspecciona los jardines del frente, revisa cuánto ha crecido la plumeria en su ausencia. Tendrá que podar las ramas desde la ventana. El año pasado cambiaron el césped de la entrada por gravilla para que ella no tuviera que preocuparse de que creciera demasiado mientras no estaban. Las hojas secas se acumulan, pero fuera de eso se ve bien. Nadie ha intentado entrar por la fuerza.

Ella le ha rogado a su esposo que consiga alguien que vigile la propiedad mientras se encuentran en Estados Unidos, pero Michael siempre se niega. *Es imposible llegar aquí en bote. ¿Para qué? Es una isla privada.* Él no la escucha cuando argumenta sobre lo que sucedió hace tres años, cuando encontraron rota la cerradura de la entrada y un cuchillo justo frente a la puerta. Él había estado cazando en el sur de la isla con sus amigos. No se percató de nada sospechoso y dijo que era casi imposible que alguien se acercara a la casa desde la costa norte. La propiedad estaba cercada, situada sobre la parte alta de un acantilado. Pero ella no lo había olvidado. Se preguntaba si podría haber sido uno de los hombres que estaban con él.

Además, había otras cosas…

Ese árbol que ella había visto el año pasado durante una caminata matutina, con el tronco embadurnado de sangre. Le parecía que el bosque olía distinto, con un extraño hedor nauseabundo que flotaba en el aire cada vez que el viento cambiaba de dirección. Ella acostumbraba pasar todo el tiempo en el bosque, más allá de la cerca, caminando por los senderos empedrados que construyeron los propietarios anteriores, cortando las orquídeas negras que crecían a la orilla. Ahora difícilmente sale.

Ella abre la cerradura, sabiendo que pasarán dos días antes de que Michael vuelva de su viaje de cacería en el lado sur de la isla. Dejó un mensaje en la contestadora de la casa, pero no hay forma de localizarlo cuando está en el bosque, ninguna posibilidad de decirle que ha llegado antes.

Cuando empuja la puerta, la alarma se activa. Se dirige al teclado e ingresa el código para silenciarla, luego voltea hacia el ventanal que da hacia el océano. La vista siempre le sorprende, más aún cuando ha estado fuera varios meses. No hay más que agua en todas direcciones. Ella siempre planea que el avión la deje en tierra una hora antes del atardecer, de modo que al llegar a la casa el cielo sea de color rosa brillante, el sol un disco amarillo que resbala detrás de la pared oeste del acantilado.

La casa está en absoluto silencio. Ella se dirige al ventanal de la sala, mirando hacia afuera. Abajo, la marea está subiendo, las olas precipitándose sobre la arena, estrellándose contra las rocas. Observa fijamente el horizonte. Dirige la vista hacia el poniente y en ese momento lo ve.

Hay algo escrito en la cara lateral de una de las rocas. Está tres metros arriba de donde rompen las olas. Alguien tendría que haber escalado la ladera del acantilado para llegar allí, manteniendo el equilibrio sobre los estrechos bordes en la piedra. La inscripción es de color rojo parduzco, pero desde esa altura no alcanza a distinguir las letras.

Va al escritorio en el rincón de la sala, saca del cajón superior los binoculares de su esposo y mira a través de ellos. Gira la rueda de enfoque para ver claramente la inscripción.

Su mano tiembla cuando lee y procesa los garabatos embarrados. En la parte baja del acantilado hay una mancha de color rojo oscuro. Solo cinco letras.

AYUDA.

Michael. Debió de ser él. Revisa la casa en busca de algo que llevar, lo que sea. El hospital más cercano está a una hora en avión. ¿Aún está vivo? ¿Hace cuánto tiempo escribió eso? Debió de haber resbalado en el camino; debe de estar atrapado ahí, en la ladera del acantilado.

Atraviesa corriendo la puerta principal, avanza de prisa por el camino, las ramas delgadas arañan sus piernas. Los riscos están a menos de diez minutos. Se mueve entre los árboles, cubriéndose el rostro con la mano. Le ha dicho que se lleve las luces de bengala cuando sale a cazar, le ha sugerido que use un radio u otra cosa para comunicarse con los demás. ¿Por qué no había aceptado? ¿Por qué era tan terco, siempre obstinado en que las cacerías sean auténticas, reales?

Hay un ruido detrás de ella. Algo se mueve en el bosque, corriendo entre los árboles. Se vuelve y observa. Con la puesta de sol, al principio son solo sombras; dos de ellos avanzan por los lados, rodeándola. Entonces ve que un hombre salta por encima de un tronco y se dirige hacia ella, de frente. Lleva el rifle de cacería en ristre. La mira directamente y cuando sus ojos se encuentran, él le dispara al centro del pecho.

Ella cae de espaldas, en lo alto se ve el denso dosel que forma el follaje.

Permanece consciente solo por unos instantes, con la visión de un pequeño pedazo de cielo rosado, luego el rostro de Michael sobre el suyo.

—¿Qué pasó? ¿Qué hiciste? —pregunta ella.

Michael se dirige al otro hombre, con pánico creciente en la voz:

—No era ella; no era la chica. Mataste a mi esposa.

CAPÍTULO CUARENTA Y UNO

EL VESTÍBULO DEL hospital está casi vacío. Una luz zumba en lo alto. Una anciana con su bastón está dormida en una silla acojinada, su cabeza cuelga a un lado y tiene la boca abierta.

En una oficina que se encuentra sobre el pasillo, alguien está escuchando una canción de amor.

Mantienes la cabeza baja. Pudiste retirar efectivo de las tarjetas de crédito de Ben y llevas puesto un nuevo vestido floreado que Izzy odiaría. Tienes gafas nuevas, y tu cabello está recogido en un moño estirado, la cicatriz cubierta por una bufanda ligera. La enfermera está leyendo un libro en su escritorio, una gruesa edición en rústica, y tú pasas de largo, esperando que no te vea. Ya has avanzado varios pasos por el corredor, cuando te detiene.

–¿Disculpe? ¿A dónde cree que va? –se levanta, con las manos en las caderas. Es robusta, casi treinta centímetros más alta que tú, y sus curvas llenan su uniforme rosa.

—Estoy buscando a una chica a la que le dispararon —dices—. Ingresó hoy.

La mujer sacude la cabeza.

—No me importa a quién estés buscando. Son casi las diez.

—Por favor —dices—, llamé por teléfono. Nadie me dijo nada. Solo necesito saber si está bien.

Tratas de alejar el pensamiento, pero no puedes: sigue regresando, sigue inundando todo cada vez que piensas en irte. Es posible que ellos hayan encontrado a Izzy primero. Si la descubrieron ahí, detrás de la casa de Goss, podrían haberse deshecho de su cuerpo. La ambulancia se hubiera presentado y hubieran hallado solo una mancha seca en la tierra.

—Por favor; solo necesito saber.

Ella mantiene un dedo en alto, haciéndote callar. Luego escribe algo en un pedazo de papel, lo dobla y luego lo sostiene en alto.

—Bien; tengo el número de la habitación justo aquí. Pero voy a necesitar que me digas su nombre. Nadie parece saber quién es esta chica.

—¿Entonces, está bien?

—Por ahora.

—Y si le digo su nombre, ¿me dejará verla?

—Te daré diez minutos antes de llamar a la policía. No sé qué le sucedió a esa chica, pero ya han estado aquí dos veces el día de hoy tratando de descubrirlo. Tengo la sensación de que les interesaría hablar contigo.

—Izzy Clark —dices. Metes la mano en tu bolsa, tanteando para encontrar la carta que escribiste. En tu prisa por escapar, dejaste caer el expediente de la casa de Goss, pero escribiste todo lo que sucedió, mencionando el nombre de A&A Enterprises, describiendo el compartimento secreto en la parte superior del clóset. Has puesto por escrito todo lo que necesitan saber. La mujer desliza hacia ti la hoja doblada. Tú colocas el sobre sobre el mostrador. Escribiste Celia Álvarez, policía de Los Angeles en el frente, esperando que finalmente llegue a sus manos.

–Esto es para ellos, para cuando lleguen aquí.

Luego te vas por el pasillo, desdoblando la nota. Tiene escrito el número 701, y los números están subrayados dos veces. Caminas pegada a la pared, donde las cámaras de vigilancia no tienen un ángulo tan bueno sobre ti. Luego doblas y subes por las escaleras para evitar ser vista.

Cuando llegas a la habitación de Izzy, una enfermera se encuentra ahí y tienes que esperar en el pasillo, dentro de un armario, hasta que se va. Puedes sentir cómo transcurren los minutos. Escuchas ruidos de pasos y te aseguras de que el pasillo está desierto antes de volver a salir.

Izzy está en cama. Hay tubos por todas partes. Serpentean a su alrededor, retorciéndose hacia arriba, hasta desembocar en una bolsa de fluido, que cuelga debajo del marco metálico de la cama. Sus ojos están cerrados con cinta adhesiva. Su piel tiene un color grisáceo, y hace falta mirar el monitor, observar su pulso subir y bajar, para tener la certeza de que está viva.

Llegas hasta ella y tocas el dorso de su mano. Su piel se siente acartonada y extraña. La intravenosa está metida ahí, la sangre pegajosa y húmeda debajo de la cinta transparente. No podrías decir si sabe que estás ahí. Solo hablas inclinándote para que pueda escucharte.

—Mims llegará pronto —dices—. Lamento mucho que hayas estado sola. Lamento mucho todo esto.

Te sientas ahí, escuchando cada una de sus respiraciones. Casi puedes ver a Goss, la manera en que se veía esta tarde, cuando le disparó. Puedes recordarlo a él, y a Hilary, en la foto. Puedes recordar su rostro con más claridad que antes.

A tu mente acude de nuevo la voz del chico: *No somos asesinos.* De alguna manera, esta vez no le crees. Solo puedes pensar en Izzy, en cuán enferma y débil parece ahora, como si alguien hubiera drenado la vida de su cuerpo. Aprietas su mano una vez más antes de irte.

CAPÍTULO CUARENTA Y DOS

LA TERMINAL DE Union Station está atestada en hora pico. Una multitud se abre paso en la sala principal. Una mujer con una maleta enorme te empuja por detrás. Otra persona te esquiva murmurando algo que tal vez iba dirigido a ti, tal vez no. No levantas la vista, sigues caminando hacia una de las salas laterales, que están menos concurridas. Solo faltan quince minutos para que el tren parta, pero sabes que eso no significa nada. Es tiempo suficiente para ser vista.

Buscas tu tren en el tablero superior, las letras y los números cambian su lugar y se reacomodan con cada llegada y cada salida. CHICAGO, IL. 11:15 PM A TIEMPO. En dos días estarás muy lejos de Los Angeles, en una nueva ciudad, desapareciendo entre la masa de gente. Quieres creer que no te encontrarán, que no pueden hacerlo. Pero tal vez solo podría ser cuestión de tiempo.

¿Qué sabía Ben? ¿Qué les había dicho? Has pasado una semana analizando detenidamente lo que le dijiste, tratando de entender cómo no te diste cuenta. Cada momento parece falso. ¿Cuántas veces te dijo que estabas segura en su casa? ¿Qué sabía él que tú no? ¿Era verdad o era inevitable que ellos te encontraran en ese lugar? ¿Él lo habría permitido? ¿Cuál era la finalidad de mantenerte viva? ¿Escapar era parte del plan, de su plan o del de él?

Algunas personas levantan la vista cuando pasas y no sabes si te miran a ti o al tablero en la parte superior. Te cubres el rostro con la mano, fingiendo que te arreglas el cabello. *Quince minutos,* te recuerdas. Solo quince minutos más. Luego estarás en el tren, alejándote de aquí.

Todas las salas están a los lados del corredor principal. Pasas por la primera, que tiene solo unos cuantos asientos vacíos. Pasas la segunda, luego la tercera y te detienes cuando encuentras la más tranquila, la menos ocupada. Los sillones dan a la pared. Solo hay otras tres personas. Dos hombres absortos en sus teléfonos y una mujer que se ha quedado dormida, con la cabeza apoyada en su bolso.

Ocupas el asiento más alejado de ellos, dando la espalda a la muchedumbre que pasa. Ha transcurrido una hora desde que saliste del hospital. Has estado al tanto del tiempo; piensas en los policías abriendo el sobre, llamando a la abuela de Izzy, en Mims llegando al hospital. Ya debe de estar con ella. En este momento ellos deben de estar en casa de Goss, interrogándolo, buscando el compartimento en su clóset… si es que no ha encontrado la forma de ocultarlo.

"El abordaje del tren con destino a Chicago comenzará en cinco minutos", se escucha un aviso. Unas cuantas personas se levantan, algunas arrastran maletas.

Al otro lado del pasillo ves a un chico indigente hecho ovillo, dormido debajo de una hilera de tres asientos. Uno de los hombres guarda su teléfono, se pone de pie y sujeta una pequeña maleta con ruedas.

Pero el pasillo es estrecho y no hay suficiente espacio para pasar.

–¿Qué haces ahí? ¡Estás bloqueando el paso!

El hombre se agacha y levanta su maleta, murmurando algo por lo bajo.

El chico asoma, toma una mochila que está a su lado, en el piso. Se sacude el cabello y se levanta. Saca un boleto de su bolsillo. Luego alza la cara, tratando de echar un vistazo al tablero. Sus ojos se encuentran con los tuyos, y de pronto son las únicas dos personas allí. Son *sus* ojos, cafés, profundos y cálidos. Sus mejillas, sus labios, que has besado cien veces, el superior con ese profundo surco central. Su cabello está más largo, le cubre el ceño, pero lo reconocerías en cualquier lugar.

La parte interior de su camiseta está rota. Sus pantalones están cubiertos de mugre. Miras su muñeca derecha y ves lo que asoma debajo de un reloj de plástico. El cuadro tiene su propio número, su propio símbolo, aunque no puedes distinguir qué es.

Lo miras mirarte, observando tu ropa, el cabello recogido, la bufanda en tu cuello. Retraes la pulsera de cuero, mostrándole la delicada piel de la cara interna de tu muñeca. Sujetas tu mano de forma que nadie más pueda ver.

–Tú –dice finalmente–. Eres tú.

Entonces sonríe. Apenas puedes respirar. Es tanto lo que sientes por esta persona, por este extraño, por este chico de tus sueños.

–Estás aquí –dices mientras avanza hacia ti–. Eres real.

No te pierdas…

DEADFALL

Segunda parte de Blackbird

AGRADECIMIENTOS

Este libro no hubiera sido posible sin el apoyo y la preocupación de varias personas. Primero y ante todo, abrazos y gracias a todos en Alloy Entertainment. A Les Morgenstein, por impulsar los primeros capítulos hacia otro borrador, que realmente logró que la voz cantara. A Josh Bank, por todo su amor y entusiasmo por este proyecto, y por esos tuits de apoyo (*you are the Walrus, goo goo goo joob*). A Sara Shandler por la metitulosa edición de cada línea, por ver cosas que los demás no veíamos, y por su habilidad y paciencia en la enésima revisión. Y a Joelle Hobeika, editora y amiga, por su inagotable fe, apoyo y total *maravillosidad*. Gracias por convencerme de hacer la enésima revisión, por asegurarme que el libro quedaría mucho mejor, que ya estaba a punto de lograrlo y que valdría la pena (y así fue).

A mi editora en HarperCollins, Sarah Landis, por su paciencia y apoyo mientras este libro crecía para pasar de aquellos primeros capítulos hasta convertirse en lo que es ahora. Lo amaste desde la primera página y fuiste la primera en decir ¡SÍ!, ¡la segunda persona funciona! Eso significó muchísimo. Mi gratitud para Kristin Marang, por ayudarme con todas las cosas digitales.

A Heather Schroder, agente y confidente, por su buen trabajo y su guía. Estoy agradecida con los amigos cercanos que leyeron las primerísimas páginas de este libro… incluso cuando yo todavía no estaba segura de qué era. Cariños y gracias a Lauren Kate Morphew, Aaron Kandell y Allison Yarrow. Para Amy Plum y Natalie Parker, quienes dedicaron tiempo y cuidado, cuando estaban ocupadas con sus otras revisiones, para leer la mía. Gracias en especial a la inimitable Josie Angelini, superheroína de la novela juvenil en todas partes, por las notas que inspiraron esta última versión.

Tengo suerte de tener una amplia red de amigos y familiares que me mantienen cuerda y con los pies en la tierra cuando la vida nada más no. Para los escritores que he recorrido y con los que he viajado: Veronica Rossi, Tahereh Mafi y Cynthia Hand; estoy agradecida de tenerlos de amigos. Todo mi amor y agradecimiento a Lanie Davis, Anna Zupon, Jess Dickstein, Katie Sise, Jackie Fechtmann, Ally Paul, Ali Mountford, Amy Hand, Dana Nichomoff, Laurie Porter, Connie Hsiao, Deb Gross, Melva Graham, Talia Reyes, Priya Ollapally, Jordan Kandell, Jon Fletcher y Corynne Cirilli. Como siempre, todo mi amor a mi familia en la Costa Este por leer cada libro y por apoyarme en todo. Para mi hermano, Kevin, asesor médico, amigo, publicista: este es para ti. Y para mis padres, Tom e Elaine, por su infinito amor y su apoyo. I. A. E. I. A. B. O.Y.

Las mejores sagas están en V&R

MAZE RUNNER
James Dashner

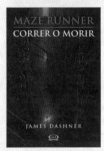

Correr o morir
Prueba de fuego
La cura mortal
Virus letal
Expedientes secretos
Bienvenidos al Área

SAGAMAZERUNNER

FIRELIGHT
Sophie Jordan

Chica de fuego
Vanish. Chica de niebla
Hidden. Chica de luz
Breathless. Chica de agua

SAGAFIRELIGHT

INSIGNIA
S. J. Kincaid

Insignia
Vortex

SAGAINSIGNIA

PARTIALS
Dan Wells

La conexión
Fragmentos
Ruinas

SAGAPARTIALS

FINDING LOVE
Joss Stirling

Sky
Phoenix
Crystal
Zed

ASYLUM
Madeleine Roux

Asylum
Scarlets
Sanctum

CAMINANTES NOCTURNOS
J.R. Johansson

Insomnia

SAGA DE LOS COLORES VIVIENTES
Jaclyn Moriarty

La Grieta Blanca
Las Grietas del Reino